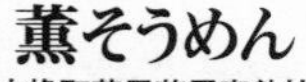

木挽町芝居茶屋事件帖

篠 綾子

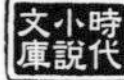

角川春樹事務所

本文デザイン／アルビレオ

目次

薫そうめん
木挽町芝居茶屋事件帖

第一幕　詐欺と鵲と白兎

一

蒸し暑いさなかに雨が降る。厳しい日照りよりはましだが、灰色の空の下では気分も晴れない。

木挽町の小さな芝居茶屋、かささぎの店前を通り過ぎていく人々も、何となくうつむきがちだ。そんな人たちに少しでも美味しいものを食べて元気になってもらおうと、喜八は立てかけた葦簀の陰から声を張り上げた。

「さあさ、ちょいと雨宿りしていきませんか。夏といえば、冷たい瓜に冷ややっこでしょう。そうめんに蕎麦もありますよ。美味しくて体にいい甘酒もいかがです？」

その声を聞き、「それじゃあ、少しだけ」と傘を畳んでくれる人もいる。傘を持たずに家を出て、途中で雨に降られたのか、手拭いでほっかむりした格好で、店に飛び込んでくる顔馴染みの客もいる。

「この雨じゃあ、山村座の今日の芝居は休みかねえ」

外に目をやりながら、そんなことを呟く客がいた。

「今、山村座でかかっているのは『雨降り曾我』でしたね」

喜八が応じると、客は「そうそう」とうなずいた。

父の仇を討ったという曾我兄弟の逸話を元にしたもので、兄の曾我十郎と遊女虎御前との恋物語である。喜八の叔父で女形の藤堂鈴之助は、虎御前の役で出ていると聞いていた。後学のため見に来るようにと言われていたが、店があるので、そうもいかない。

「昼過ぎの興行はなしになるかもしれないが、初めの部はもう終わる頃だろう。このくらいの雨なら、最後までやっちまったんじゃねえのか」

確かに、朝の頃は降っていなかったから、初回の芝居はふつうに始まっていただろう。よほどの大雨ならば、中止や中断もあり得るが、寒くない季節の小雨ならばそのまま続行されるらしい。

そんなことを客たちと話しているうちに、芝居小屋の方から人々がばらばらと通りを歩いてきた。

「芝居帰りの皆さん、ちょいと休んでいきませんか。お昼がまだなら、うどんや酢飯もありますよ」

喜八の声に応じて暖簾をくぐってくれた数人の客の中に、六十代半ばほどの男がいた。涼しげな青鼠色の麻の小袖に、傘をさし、降る雨にも急かされず悠々としている。

「岩蔵さん、いらっしゃい」

喜八はにこやかに声をかけた。

芝居好きの老人で、芝居小屋へ行った時には帰りがけに立ち寄ってくれることが多い。

「今日は弁当を持たずに行ったのでな、ちと小腹が空いた。蕎麦を一枚もらえるかね」

岩蔵は席に着くなり、品書きも見ずに告げた。

「へえ、蕎麦ですね。他にご注文はありませんか」

「ああ。それと、熱い茶を、いや、白湯を一杯もらいたい」

「陽が出ていませんからね。少しお冷えになりましたか」

「冷えたというほどでもないが、雨にもちと濡れたからな」

「分かりました。少し熱めの白湯をすぐにお持ちしましょう」

喜八がいったん下がって、白湯を用意し、戻ってくると、岩蔵の対面の席に別の客が座ろうとしていた。

喜八の幼馴染みで、一緒に運び役をやっている弥助が案内したところらしい。その客は二十歳になるかならずの若者で、喜八には見覚えがなかった。

「おや、岩蔵さん。こちらのお兄さんとお知り合いで?」

と、白湯を置きながら尋ねると、

「ああ、ついさっき、芝居小屋の桟敷席で隣り合わせたんだ」

と、岩蔵は目の前の若者に和やかな目をやりながら答えた。

「長助といいます。こちらへ入ってすぐ、ご隠居さんと目が合いましてね」

二人が互いに「おっ」という顔をしたので、弥助が相席にするかと尋ねると、二人ともうなずいたという。

「長助さんは初めてお立ち寄りくださったそうです」

弥助が喜八に伝えたところで、「ちょいと、お兄さん。注文をお願い」と別の席から声がかかった。弥助がそちらへ向かったので、喜八が長助の相手をする。

「それじゃあ、長助さん。これをご縁に、どうぞこれからもご贔屓に願います。今日はどうしましょう。蕎麦やうどんも出せますし、お昼がまだなら、お好みのお菜に飯もつけられますが」

長助は初めてということもあり、店の壁の品書きをじっくり眺め始めた。

「ここは、安くて美味いものが食べられると、なかなか評判なんだよ。腹が空いているのなら、しっかり食べていくといい」

岩蔵が長助に勧めた。

「これは、岩蔵さん。うちの評判を高めてくださって、おありがとうございます」

喜八はすかさず岩蔵に言い、二人で笑い合った。

「それじゃあ、海苔巻きと蕎麦を頼みます。ちょいと腹が空きましたのでね」

と、長助の注文が決まったところで、

「お芝居の途中で雨が降り出したようですが、芝居は最後まで？」

と、喜八は尋ねた。

「ああ。あと少しで終わりってところで、降り出したんだがね。それが、狙ったような降り出し方でさ」

岩蔵が少し昂奮気味に言う。

「狙ったような……？」

「そうなんですよ。あれはまったく、これ以上はない見事な仕掛けでした」

長助も口を添え、岩蔵と二人、目と目を見交わして盛り上がっている。

「いやね、仇討ちが成ってから、曾我兄弟は殺されてしまうんだが、残された虎御前がそれを知って涙するところで、ちょうど雨がはらはらと……」

「なるほど。虎御前の涙に誘われるように、雨が降り出したわけですね」

喜八は合点がいって、大きくうなずいた。

「そうそう。曾我兄弟の命日に降る雨は虎が雨っていうだろ。遊女、虎御前が流す涙雨ってな。それにちなんで、演目の名も『雨降り曾我』。まったく今日の雨は気が利いてたってもんさ」

「それは、二度とは味わえない芝居見物でしょうね。しかし、雨で困ったお客さんもいらしたでしょう」

芝居を続行する役者も大変だったろう。叔父の藤堂鈴之助は大丈夫だったろうかと、内心で気遣いながら、喜八が言うと、

「まあ、一階の席の客は大変だったろうがね」

と、岩蔵は言った。桟敷席の自分たちは雨など気にならなかったと言いたいようだが、一階席で見ていた客がここにいないとも限らない。今の岩蔵の言葉で不快になった人がいやしないかと、喜八は周りを見回したが、幸いその手の眼差（まなざ）しは感じられなかった。

「それでは、少々お待ちください」

喜八は二人の席から離れ、長助の注文を料理人の松次郎（まつじろう）に伝えに行った。しばらくして蕎麦が茹（ゆ）で上がったので、ざる蕎麦に、塩と漬け汁と茗荷（みょうが）を添えて、先に席へ運ぶ。

「ああ、蕎麦の香りがいいですね」

長助は明るい笑顔になって言い、「いただきます」と手を合わせた。岩蔵はまず一口目を何もつけずに食べ、次に塩を、最後に漬け汁で、ゆっくりと食べ進めていく。一方の長助は初めから漬け汁で小気味よくすすり始めた。

その合間に、二人は『雨降り曾我』の話を交わしている。調理場との仕切りの前に立つ喜八の耳にも、二人のやり取りは聞こえてきた。

「それにしても、長助さん。あんたはずいぶん若く見えるが、桟敷席を買えるだけの稼ぎがあるんだね。どっかの若旦那（わかだんな）ってふうにも見えないが」

ややあってから、岩蔵がそんなことを言い、首をかしげた。

「お察しの通り、若旦那なんて呼ばれるような身の上じゃありません。とある金貸しの奉公人でして。今日は芝居見物でもしてこいと、旦那が休みをくれましてね。お小遣いまで頂戴して」

長助は楽しげな口ぶりで言った。

「そりゃあ、豪気な旦那だね。奉公人に桟敷席を用意してやるなんて」

「もともとは旦那が使うはずだったんですよ。用事で行けなくなったんで、無駄にするくらいならって」

「なるほどね。ま、それでもいい旦那だよ。ふつうは、お得意さまにお譲りしたりするもんだからさ」

岩蔵はいったん箸（はし）を置き、白湯をすすりながら言う。

「うちの旦那は奉公人を大事にしてくれるので有名なんですよ。ところで、今のお口ぶりからすると、岩蔵さんも何かお商いを？」

「まあね。今は店も畳んでしまったが、あんたの旦那と同じ仕事だよ。金は金を生むもんだからねえ」

「へえ、金貸しですか。これはまた奇遇なことで」

二人の話が互いの身の上に及んだ頃、

「海苔巻き、出来上がりやした」

と、調理場から松次郎の声がかかった。

(そういえば、乙松が奉公している伊勢屋も金貸しだったな)

乙松は松次郎の息子だが、その奉公先はこの春、泥棒に入られる災難をこうむっていた。あの時は大変だったなと振り返りつつ、喜八は海苔巻きを受け取り、再び二人の席へ向かった。

「お待たせしました」

長助の前に海苔巻きの皿を置く。玉子焼きと瓜と干瓢を酢飯でくるみ、海苔で巻いたものだ。

「お、待ってたんですよ」

長助はちょうど蕎麦を食べ終えたところで、海苔巻きに目を向けると、明るい笑顔を浮かべた。

「この瓜は何ですか」

切り口の面に白く見える瓜を示し、長助が尋ねた。

「胡瓜（きゅうり）を塩漬けにしたものです。これが、歯ざわりもよくさわやかで、なかなかいけるんですよ。お侍さまには事前にお断りするのですが」

胡瓜は輪切りにした時の切り口が、葵（あおい）の御紋に見えるというので、侍たちは食べることを避けたがる。そのため、侍には事前に可否を問うようにしていたが、町人はふつう気にしない。案の定、

「へえ、胡瓜ですか」

と、長助も気にする様子は見せなかった。だが「何、胡瓜だと」と反応したのは岩蔵である。

「胡瓜がどうかしたんですか、岩蔵さん」

長助が不思議そうな目を向ける。

「いやね、胡瓜は苦いし、青臭くて美味くないからね。値も安いし」

岩蔵が眉を寄せて言った。確かに、胡瓜は数ある瓜の中でも取り柄がないとされ、値が安いのも事実である。

「そのまま食べれば苦いでしょうが、漬物にすればさっぱり美味しいですよ。それに、おっしゃる通り値も安いので、気軽に食べていただけます」

喜八は明るい声で言った。周りの客たちもどうやら聞き耳を立てている様子だったので、

彼らの耳にも届くよう、最後は声を張る。

「そこまで言われたら、さっそく試してみますか」

気軽な声で応じたのは、長助であった。輪切りにされた海苔巻きに手を伸ばし、一つ丸ごと、口へと放り込む。しばらく口をもぐもぐさせていたが、ごくりと呑み込むと、

「いやあ、おっしゃる通りです」

と、笑顔になった。

「干瓢が甘いので、胡瓜の塩辛さと、ちょうどいいんです。玉子焼きはふっくらしていてね。どれもこれも酢飯とよく合う」

勢いよく言った長助は、「岩蔵さんもぜひお一つ」と勧めた。岩蔵は少し躊躇していたが、やがて「それなら一つだけ」と海苔巻きに手を伸ばす。

岩蔵は半分くらいをいったん口に収め、少ししてからもう半分を口に入れたが、表情はどうもつかみどころがない。だが、すっかり食べ切ってから白湯を口に運んだ後、岩蔵は大きくうなずいた。

「長助さんの言う通りだ」

それから喜八にも顔を向けると、

「いや、前に胡瓜をそのまま食ったんだが、これがとにかく不味くてね。貧乏人が食うものと思い込んでいたが、私が間違っていたようだ」

と、岩蔵は言った。

「そうですか。ならよかったです」

喜八はさらりと言い、二人の席を離れた。せっかく和やかな雰囲気になりかけたのに、「貧乏人」云々の発言で白けてしまったようだ。会話に耳を傾けていた他の席の客たちも、岩蔵たちに声をかけることはなかった。

ややあってから、「ご馳走さん」と岩蔵が先に席を立ち、帰っていった。

支払いはきっちり蕎麦一人前、十六文だけが置かれていた。

二

「おたく、長助さんといったっけ？」

岩蔵が帰るとすぐ、三十路ほどの男客が長助に話しかけた。

「ここ、座っても？」

と問われ、長助はうなずき返す。男客は先ほどまで岩蔵が座っていた席に腰かけると、

「岩蔵さん、おたくの海苔巻きをもらっておきながら、礼の一つもなしかい？」

と、長助に続けて訊いた。

「お礼は言っていただきましたよ。それに、俺が勧めたんですから」

「礼ってのは言葉だけじゃねえだろ。おたくの飲み食いを払ってくれたっていいくらいさ。あっちはあんたのじいさんでもおかしかない齢なんだし」

男があきれた面持ちで言うと、今度は背中合わせの席に座っていた男が振り返り、「まったくだよ」と続けた。

「すごい貯め込んでいるって話だしね」

「そういや、話の端々にお金持ちらしい感じが出ていましたね」

長助が納得した様子でうなずく。

「ありゃ、自慢しているのさ。自分はお前たち貧乏人とは違うってね。おたくのことも、芝居の桟敷席にいた時はお仲間みたいに思っていただろうが、奉公人と分かってからは、腹ん中じゃ見下していたかもしれないぜ」

「そこまで腹黒なお方には見えませんでしたが」

長助はやんわりと返したが、前の席に座った男客は「どんなもんだか」という表情をしている。その時、

「ご隠居さんはそこまで性悪な人じゃないわよ」

と、少し離れた席から声が上がった。これまでも何度か足を運んでくれた母娘連れで、母親をおさだ、娘をおたけという。二人は岩蔵と同じ町に暮らしているそうだ。

「確かに愛想のいい方ではありませんけど、悪い人じゃありませんよ。ただねえ」

と、おさだは小さく溜息を吐く。

「裕福でいらっしゃるのに始末屋といいますか、吝嗇な方だとはよく聞きますね」

喜八は、岩蔵が茶ではなく白湯を頼んだことを思い出した。とはいえ、芝居は値の張る桟敷席を取るのだから、すべてにおいて吝嗇というわけでもなさそうだが。

「始末屋なだけじゃなく、金にこまけえのさ。金貸しをやってた時にゃ、阿漕な取り立てもしてたようだし」

「ああ。一人息子はそれを見てたもんだから、金貸し業を嫌って家を出ちまった。あのじいさん、金なんかいくらあっても、継いでくれる者がいなけりゃ、何の甲斐もねえって嘆いていたよ。ま、それも自慢話に聞こえたけどな」

岩蔵に対する男たちの声はなかなか厳しい。

「だけど、その倅さん、遠方で所帯を持って娘さんが生まれたんだけど、一度も連れてこないんですってよ。金貸し業をよほど嫌ってたのかもしれないけど、岩蔵さんだってもう店を畳んだんだし、せめてお孫さんの顔だけでも見せに来ればいいのにねえ」

おさだは岩蔵を気の毒に思っているようで、娘のおたけもうなずいている。

「分かってねえなあ。商いは三方よしと言うじゃねえか。じいさんは自分の金が大事なだけ。倅に帰ってほしけりゃ、まずは金でも送ってやりゃあいいのさ」

「そういうことをしないから、倅も帰ってこないんだよ」

などと、再び男たちの口から尖った声が上がる。すると、

「そりゃあ、ご親切にどうも」

と、冷えた声が店前に立てかけられた葦簀の陰から聞こえてきた。

「こ、これは岩蔵さん」

喜八は慌てて声をかけた。店の中は静まり返り、客たちはきまり悪そうに岩蔵から目をそらしている。

「どうなさいました」

「傘を忘れちまってね。雨が上がってたもんで、先まで行っちまった」

「あ、それは失礼いたしました。気づきませんで」

喜八が謝っている間に、弥助が岩蔵の傘を用意していた。しかし、岩蔵は傘には目もくれず、店の中を睥睨した。

「私のことを案じてくれていたようだが、ご心配には及ばない。今年の秋には、倅の一家が孫娘のお春を連れて、うちへ来ることになっているからね」

岩蔵の声は刺々しく、店の雰囲気はかなり険悪になったが、

「そりゃあ、楽しみですねえ」

と、のんびりした声が上がった。岩蔵ににこにこと話しかけたのは長助である。

「そのお春さんって子は、おいくつで?」

「今年で十三になる」

孫の話に関しては、岩蔵もまんざらでもない様子で答えた。

「初めてお会いになるんでしょ。それじゃあ、江戸見物をさせてやらなくちゃ。岩蔵さん、お忙しくなりますね」

「う、うむ。そうだな」

にこにこしている長助に、岩蔵がぎこちなくうなずいた時、

「十三ならあたしと一緒です。ご隠居さん、あたしにもお春ちゃん、引き合わせてくださいね」

と、おたけが朗らかな声で語りかけた。岩蔵は表情を和らげ、「ああ、もちろんだとも。仲良くしてやってくれ」と優しく返事をする。

「それじゃあね、今度こそ本当に失礼しますよ」

岩蔵は長助とおさだ、おたけ母娘にだけ軽く会釈すると、弥助の差し出した傘を無言で受け取り、帰っていった。

「はあ、肝が冷えたぜ」

先ほど先頭を切って岩蔵の悪口を言っていた男は、ふうっと大きく息を吐いている。

「長助さん、ありがとうございました」

喜八は長助の席まで行き、小声で礼を述べた。

「岩蔵さんにお声をかけてくださって助かりましたよ」

「いえいえ。それじゃあ、俺もそろそろ」

と、長助は愛想よく言い、立ち上がった。

「蕎麦と海苔巻きのお代はこれでいいかな」

台の上に置かれた三十二文を確かめ、喜八は「ありがとうございました」と頭を下げた。

「それじゃあ、ご馳走さま」

戸口では弥助が傘を手に待ち構えている。

「どうぞ、今後ともご贔屓に」

「また、寄せてもらいますよ」

長助は受け取った傘を右手に持ち、雨の上がった道を芝居小屋と反対方向へ歩き出していった。

三

その日は、いったんやんだ雨がまた降り出すなど、気まぐれな空模様で、昼過ぎの興行は中止になった。そのためか、かささぎも七つ（午後四時）過ぎの客の入りはまばらである。

もう少しすると、仕事上がりの男たちが夕餉を食べに現れ、席も大方埋まったが、その中に六之助がいた。

狂言作者東儀左衛門に師事する六之助は、いつもは先生のお供なのだが、めずらしいことに一人である。

「おや、六之助さん。今日はお一人で？　東先生は後からお越しですか」

二人の定位置ともなっている奥の「い」の席へ、六之助を案内しつつ、喜八は訊いた。

「いえ、先生はいらっしゃいません。近頃、仕事がお忙しくて」

六之助はそう答えた後、「私だけで申し訳ありませんが」と頭を下げる。

「とんでもない。六之助さんが来てくださって嬉しいですよ」

喜八は慌てて言った。

「ですが、一人ではないんです。今日は人と会う約束をしていて」

「あ、そうだったんですか」

待ち合わせの相手とは、儀左衛門の娘のおあさだろうか。前にも、儀左衛門が来られない時、おあさとお付きの女中のおくめと一緒に、三人で来たことがあった。が、それ以上は訊かず、

「ご注文はどうしますか。お待ち合わせの方が来られてからにしますか」

と、喜八は尋ねた。六之助は少し品書きを眺めた後、

「とりあえず、そうめんと茗荷の甘酢漬けを。あ、いや、甘酢漬けは茗荷と胡瓜の盛り合わせでお願いします」

と、告げる。

「そうめんを一人前、茗荷と胡瓜の甘酢漬けを一皿でよろしいですね」

「はい」

酒を飲まない六之助は、近頃は茗荷の甘酢漬けがお気に入りである。

喜八はいったん下がり、すぐに茗荷と胡瓜の甘酢漬けを用意して、六之助の席へと運んだ。六之助はさっそく箸を取り、茗荷と胡瓜を一切れずつ、立て続けに口へ運んだ。

「ああ、これこれ。やっぱり夏は甘酢漬けですね。しゃきしゃきした茗荷に、嚙み応えのある胡瓜。このさっぱりした甘さが実にいいんです」

六之助はにこにこしながら言った。

「ありがとうございます」

と、受けて、喜八が別の席へ向かおうとしたその時、暖簾をくぐって新たな客が入ってきた。

「いらっしゃいませ」

と、取りあえずその場で声を張り上げた後、「え」と小さく呟いてしまう。

「若、あ、いや、若旦那。ご無沙汰しております」

客は暖簾をくぐったすぐのところで、びしっと背筋を伸ばして立ち、腰を深々と折り曲げて挨拶した。喜八のことを「若」と呼ぶのは、元町奴かささぎ組の面々だけだ。他の客がいるところで、あからさまに「若」と呼んではいけないと思い、言い直したのだろうが、態度としぐさは元町奴のそれである。

「鉄つぁんじゃねえか」

喜八は明るい声を上げる。

現れたのは、元かささぎ組の男衆の一人、鉄五郎であった。今は左官の仕事をしており、六之助の実の兄でもある。

「兄さん、こっち、こっち」

六之助が手を上げ、鉄五郎を呼んだ。「おう」と勇ましい調子で返事をした鉄五郎は、いそいそと喜八の前までやって来たが、そこで再び体を直角に折り曲げて挨拶する。

「弟の野郎がいつもご迷惑をおかけしてます」

「何言ってんだよ、鉄つぁん。六之助さんには、いつも俺たちが世話になってるんだ」

鉄五郎に顔を上げさせ、六之助の前の席に座らせる。それから、

「待ち合わせのお相手は鉄つぁんでしたか」

と、喜八は六之助に顔を向けて言った。

「ええ。若旦那に驚いてもらえるかなと思って黙ってたんですが、あんな悪目立ちするな

ら、お知らせしておいた方がよかったですね」

六之助は苦笑を浮かべながら言うと、

「悪目立ちって、俺のことか」

どこが悪目立ちなんだと、鉄五郎が食ってかかる。どうやら、自分が他の客たちの注目を集めていることには気づいていないらしい。などとやっているところへ、

「そうめんをお持ちしました」

と、弥助が盆を手に現れた。

「鉄のあにさんもお越しくださり、ありがとうございます」

いつに変わらぬ落ち着きぶりで、鉄五郎にも挨拶する。

「おう、お前も元気そうで何より。若のお世話はしっかりやっているな」

「それはもう」

「ならいい。百助のあにさんにはよろしく伝えてくれ」

と、鉄五郎が弥助の父、百助への挨拶を伝えた頃には、他の客たちの目ももう鉄五郎から離れていた。

「それじゃあ、兄さん。先に食わせてもらうよ。あ、茗荷と胡瓜の甘酢漬けをもう二皿お願いします」

六之助は鉄五郎から喜八に目を移して言うと、「いただきます」と手を合わせ、そうめ

んをすり出した。つるつると軽やかな音を立て、美味そうに食べている。

「鉄つぁんは何にするんだ」

弥助が下がっていった後も、喜八は鉄五郎の注文を取るために残った。鉄五郎は壁の品書きを眺めながら、

「ええと、何にしようかな。前より品数も多いから……」

と、迷いに迷っている。

「松つぁんがいろいろ工夫してくれてるからな。何でも好きなもんを選べよ」

「それが、あっしは好きなもんばっかなんで」

「何だよ、好きなもんばっかって。嫌いなもんがないって言うなら分かるけど」

喜八が朗らかに笑い返すと、そうめんをすする音が途絶えた。

「まったく、兄さんときたら」

と、六之助が口を挟んでくる。

「好きなもんはちゃんとあるだろ。蕎麦やそうめんより、ちゃんと腹にたまる飯の類が好きだって、いつも言ってるじゃないか」

「そうか。なら、白飯か握り飯、海苔巻きの中から一つ選んで、後はお菜を頼んだらいいよ」

喜八の言葉に、鉄五郎が「それじゃ、握り飯を……」と答える。

「兄さんは私と違って酒飲みですから、酒に合う塩辛いものがいいですね。東先生と好みが似ているかもしれません」

もはや鉄五郎本人に問うこともせず、六之助がその場を仕切る。

「それなら、衣揚げを塩で食べるのがいいんじゃないか。嫌いなものがないなら、松つぁんに見繕ってもらってさ」

と、喜八が言うと、「それでお願いします」と六之助が先に答えた。

「あと、兄さんには酒もつけてください。とりあえずはそれで」

「分かりました」

喜八は六之助の言葉を受け、注文の品を確かめた後、鉄五郎に目を向けた。

「おい、鉄つぁん。しっかり者の弟さんがいて、大助かりだな」

にやにやしながら言うと、鉄五郎はすっかりまいった様子で頭をかいている。

「いや、その、お恥ずかしい限りで。けど、こいつは口先ばっかり達者で、腕っぷしはからきしなんでさあ。餓鬼の頃から、いじめられて帰ってくるのを、あっしがいつもお礼参りに……」

「ちょいと、兄さん。いつの話をしているんですか」

箸を持ちかけた六之助が慌てて話に入ってくる。

「まあまあ、お二人が仲良し兄弟だってことは、よく分かりましたから」

六之助をなだめてから、喜八は調理場へと下がった。弥助が甘酢漬けの皿を調えていたので、鉄五郎の酒も一緒に運んでくれるよう頼み、松次郎に追加の注文を伝える。

「鉄つぁんときたら、品書き見て、目移りしてたぜ。取りあえず、握り飯と衣揚げをお好みで頼むよ」

「へえ」

いつものごとく、松次郎の返事は短い。無愛想なのもふだん通りなので、喜八は気にせず、

「塩辛いのが好きなんだそうだ。これは、弟の六之助さんの言葉だけど」

と、付け加えた。

「……あいつは昔からそうでした」

ぼそっと、松次郎が言った。昔、というのは、まだ喜八の父の大八郎が生きていて、神田佐久間町の家に子分たちが寄り集まり、毎日のように皆で酒食を共にしていた頃のことだ。当時、皆の食事の世話を一手に担っていたのが松次郎であった。

「鉄のあにさんは左官の仕事をしてますから、汗もかくんでしょう。そういう人は塩辛いものを欲しがると聞いたことがあります」

酒の用意をしながら弥助が言い、松次郎は深くうなずいた。

「衣揚げにはちょいと多めに塩をつけておきます」

「それじゃ頼むよ」

喜八は松次郎に言い置き、別の客の対応や後片付けのため、再び客席の方へと戻った。

やがて、鉄五郎のための衣揚げと握り飯も出来上がり、その都度、弥助が運んでいたが、添え塩ばかりでなく衣揚げそのものの量も、ふつうの一人前よりは多い。茄子に茗荷、隠元豆に枝豆、大葉などがたっぷり盛られている。

鉄五郎は塩をつけた茄子をぽいと一口で放り込んだ。さくさくと気持ちよい音を立てながら目を細めている。隠元豆、枝豆と次々に食べ続けた後、大葉を口へ運んだ時は「うーん」と目を閉じて、ゆっくり息を吸い込んだ。

「ああ、これこれ」

満足そうに口にした第一声は、弟とそっくり同じ。

「さくっとした後、ふわあっと広がる大葉の香り、これがまた乙なんだよなあ」

「うんうん、実にさわやかなんだよね」

とっくにそうめんを食べ終わっていた六之助が相槌を打ちながら、衣揚げに箸を伸ばしている。喜八は少し甘めのつゆを松次郎に用意してもらうと、六之助のもとへ運んだ。

「あ、これは若旦那。恐れ入ります」

六之助は恐縮しつつ、嬉しそうにつゆを受け取る。鉄五郎にも尋ねてみたが、自分は塩がいいと言うので、「それじゃあ、ごゆっくり」と喜八は席を離れた。

その後も、鉄五郎は酒がなくなれば、追加で注文し、六之助は甘酢漬けを一人でぽりぽり、ゆっくりつまみ続けている。

「鉄のあにさんと六之助さんから、店じまいの後まで残っていいかと訊かれました。特に用事があるわけじゃないみたいですが、若とゆっくりお話ししたいとか」

途中で、弥助が小声で伝えてきた。

「そりゃあ、いい。ゆっくりできる時はお互い、なかなかないからな」

六之助はしょっちゅうかささぎに足を運んでくれるが、いつも師匠の儀左衛門と一緒だから、話もおのずからしぼられてくる。鉄五郎に至っては、呼び出せばすぐに駆けつけてくれるが、そういう時は用件のみ話すことが多く、やはり何でもない雑談を交わす機会はそれほどなかった。

（たまには、そういうのもいいもんだよな）

喜八は、ぜひそうしてくれるよう伝えてくれ、と弥助に頼んだ。

やがて、日も暮れてしまうと、客足も減ってきた。少ししてから暖簾を下ろし、後はそれまでに入った客が帰るのを待って店じまいとするのが常である。

鉄五郎と六之助を除く最後の客が店を後にしたのは、六つ半（午後七時）の頃。

「よおし、それじゃあ、今日は俺たちもこっちで夕餉にしようか」

喜八は声を張って言い、

「松つぁん、よろしく頼むよ」

と、調理場の奥へさらに大きな声をかける。

「へぇ」

調理場からはすぐにいつもの短い返事があった。

四

調理場から最も近い客席に、山盛りにした衣揚げの大皿を、喜八はどんと置いた。続けて、ふっくらした茄子（なす）と松の実の味噌和え（みそあ）、干瓢とひじきの飛竜頭（ひりょうず）を弥助が運んでくる。

「鉄つぁんと六之助さんも、まだまだいけるだろ。一緒に食べよう」

喜八が誘うと、鉄五郎と六之助も席を移り、調理を終えた松次郎も加わって、男五人の夕餉となった。

「やや、この味噌和えは絶品ですなあ。これまで食べたことがなかったとは不覚です」

六之助は茄子と松の実の味噌和えを気に入ったようだ。鉄五郎は衣揚げに箸を伸ばしつつ、盃（さかずき）を干す速さは変わらない。

「熱々の衣揚げのさくっとした嚙み応え、これが何とも言えませんな。さすがは松のあにさんで」

鉄五郎は少しばかり緊張した面持ちで、松次郎を持ち上げる。一方の松次郎は褒められても表情一つ変えず、

「それ以上食うなら、塩はほどほどにしろ」

と、どすの利いた声で言う。

「へ、へえ」

鉄五郎は伸ばしかけた箸を引っ込め、背筋を伸ばして返事をした。

「まあまあ、食べるなって言ってるわけじゃないからさ」

喜八が鉄五郎の緊張を和らげようと、割って入れば、

「それに、松のあにさんの衣揚げは、何もつけずに食べてもいけますよ。大葉や茗荷、豆そのものの風味もありますからね」

と、弥助も付け加える。

「お、おお。そうだな」

鉄五郎は塩をつけずに大葉の衣揚げを口へ運ぶと、じっくり嚙み締めた後、

「確かに、大葉の風味が強くなりやした」

と、少し驚いている。

「酒の味もより深くなるはずだ」

松次郎の重々しい一言が続き、おもむろに酒を口に運んだ鉄五郎は「まったくで」と真

面目に受けた。

「そういえば、今日、胡瓜のことで、お客さんがちょいと揉めかけてさ」

喜八は、岩蔵と長助の間に起きた胡瓜をめぐるやり取りについて話した。

「胡瓜と聞いて、お侍のお話かと思いましたが、違うのですね」

と、六之助が不思議そうに言う。

「そうなんですよ」

六之助を相手にする時だけは、茶屋の若旦那の物言いで喜八は続けた。

「お侍さま相手の時は、うちも胡瓜は慎重に扱います。といっても、鬼勘以外のお侍なんて、ほとんど来ませんがね。だから、町人のお客さんがこだわったことに、俺も驚いたんです」

「つまり、岩蔵さんにしてみれば、胡瓜は貧乏人の食い物だから、ご自分が食べるのは不本意だと――？」

弥助が慎重な物言いで確かめてくる。

「ああ。苦くて不味くて安い、と言っていた」

「確かに、胡瓜は安いですが……」

松次郎と共に、食材の調達に携わっている弥助は考え込むような表情を見せた。

「そういえば、胡瓜が安いのはどうしてなんだ。お侍が食べないからか」

喜八は松次郎に目を向けて問うた。松次郎は手にしていた飯茶碗と箸を置くと、手を膝の上に置いて語り出す。

「それもありやすが、胡瓜は町人からも嫌われたんですな。苦くて不味いと言う人は岩蔵さんだけじゃありやせん」

「漬物にすればいけると思うけどな」

「まったくです」

喜八の言葉に、この時の松次郎はすぐに同意して、言葉を継いだ。

「瓜といやあ、甘瓜（あまうり）、白瓜（しろうり）、冬瓜（とうがん）が人気もので、胡瓜はそっちのけなんで。漬物にした時の味わいは白瓜よりも好ましいんですが」

「うんうん」

「このところ、初物（はつもの）の値が上がってまして。ご公儀（こうぎ）では早摘みを禁止してるんでさあ。けど、胡瓜はそこからも漏れてまして」

松次郎は情けなさそうな口ぶりで言う。

「へえ、そうなのか」

初めて聞く話に喜八が驚くと、松次郎は「少々お待ちください」と突然立ち上がり、調理場へと姿を消した。

いつにない松次郎の饒舌（じょうぜつ）ぶりに、喜八と弥助は思わず顔を見合わせる。

「ははあ。松次郎さんは親が子を思うように、胡瓜の不甲斐なさを嘆いているんですなあ。本当はもっと出世してしかるべき、と考えておられるんでしょう」

六之助が感心した様子で言う。

「へ、胡瓜が出世？」

弟の言う言葉の意を、今一つ理解できなかったらしい鉄五郎が、目を白黒させている。

「そうですよ、兄さん。うちは貧乏でしたから、小さい頃は、よく胡瓜ばかり食べていたでしょう？　たやすく口に入るということは、それだけありがたみも失せるわけです」

六之助が教え諭すように言った。

「そういや、そのまま食べることも多かったが、おっ母さんが糠漬けに塩漬け、いろいろ工夫してくれたっけ」

「小さい頃に食べた味ってのはなかなか忘れられないもんです」

六之助の懐かしそうな言葉に、喜八たちは思い思いにうなずいた。そこへ、松次郎が胡瓜の塩漬けと甘酢漬けをそれぞれ一皿ずつ、山盛りにして持ってきた。

「お、松つぁん自慢の、もっと出世するべき倅たちだな」

喜八は勢いよく塩漬けに箸を伸ばした。松次郎は少し目を瞠ったが、何のことかと問い返しはしなかった。

「それじゃ、あっしも」

と、塩漬けに箸を伸ばした鉄五郎は、

「若のおっしゃる通り、これはいけますねえ」

と、ご機嫌な様子である。さらにもう一口と、その箸が塩漬けへ伸びた時、

「鉄、お前、今日は塩を摂りすぎだ」

松次郎の声が飛んだ。「あ、そうでした」と鉄五郎は慌てて箸を引っ込める。

「甘酢漬けも食ってみろ」

松次郎に勧められた鉄五郎は、甘酢漬けを口に入れた後、「本当だ」と目を丸くしている。その間も、甘酢漬けを食べ続けていた六之助は、

「胡瓜が安くてつまらぬ野菜と言われるのは、嘆かわしいことです。しかし、だからこそ、うちみたいな貧乏人でも食べられたと思えば、痛しかゆしですねえ」

と、しみじみ言う。

「そういや、胡瓜が初物禁止令から漏れたってのも、人気がないからなんだな」

喜八が改めて訊くと、その通りだと松次郎はうなずいた。

「しかし、それなら、他の瓜の代わりに胡瓜の初物を食おうって人も、出てきたんじゃありませんか」

弥助の問いにも、松次郎はうなずき返す。

「江戸っ子はとにかく初物が好きですからねえ。人より早けりゃいいってもんでもないで

しょうに」

続けて、六之助が他人事のように言った。

「実は初物って、そんなに美味いわけでもないんだよな。ま、いちばんがいいって気持ちも分からなくはないが」

喜八が呟くと、六之助がここぞとばかりに身を乗り出した。

「もともと初物は、体にいい、寿命が延びると言われて人気を集めたんです。ここのところ、町人でも金持ちが増えてきましたからね。値はいくらでもいいから買ってこい、なんて言う大店（おおだな）の主人なんかもいるそうですよ。大きな茶屋や料理屋なんかも、何とかして初物を仕入れようとして、仲買人（なかがいにん）が農家を走り回るなんて話も聞くようになりました。今は禁令のせいでなくなりましたが、少し前までは初鰹（はつがつお）なんか、何両っていう金で取り引きされたそうですからね」

そういうものなのかと、六之助の語る蘊蓄（うんちく）に耳を傾けるうち、喜八たちの食事も大方終わり、松次郎が追加で運んだ胡瓜の漬物も食べ尽くされた。

その後、松次郎の淹（い）れた麦湯を弥助が運んで、一服という段になった時、

「実は、兄さんと皆さんに聞いてもらいたいことがあって」

と、六之助が切り出した。

「東先生から、いよいよ台帳（だいちょう）を自分で書いてよいと、お許しをいただいたんです」

「何だって」

飛び上がらんばかりの様子で叫んだのは、兄の鉄五郎であった。

「本当か。お前、長年、先生にお仕えしてきた甲斐があったなあ」

鉄五郎は声を震わせて言う。

「いや、まだ書き始めてもいないから。そこまで大袈裟に喜ぶようなことじゃないんだけど」

「そんなことないですよ、六之助さん」

喜八は言葉を添えた。

「あの東先生が一筋縄でいかない人だってことくらいは、傍で見ていても分かります。あの先生を、とにもかくにも納得させ、この弟子に書かせてみようって思わせたんだ。六之助さんは大したものですよ」

喜八の言葉に、弥助と松次郎も無言でうなずき、六之助自身はまんざらでもない様子で笑みを浮かべた。

「よし、この兄貴が力になってやる。俺にできることがあれば何でも言ってくれ」

鉄五郎はすっかり酔いも醒めたらしく、大真面目な顔で言う。

「ありがとう、兄さん」

六之助も嬉しそうに応じた。

「俺たちも力になりますよ。できることがあるかどうか、分からないけど」

喜八も鉄五郎に続けて言い、六之助は「本当ですか。ありがたいことです」と喜八に深く頭を下げた。

「でしたら、台帳が少し書き上がりましたところで、お願いしたいことがあるのですが」

頭を上げた六之助は、喜八と弥助を交互に見つめながら言い出した。

「んん？」

「東先生の台帳書きのお手伝いでしていただいたように、せりふ回しと立ち回りをお願いできたらと思うのです。ぜひ弥助さんもご一緒に」

「……俺も、ですか」

弥助が嫌そうな声で訊き返す。

弥助の内心はよく伝わってきた。喜八とて、望んで立ち回りをしたいわけではない。しかし、

――俺たちも力になりますよ。

と、言ってしまった手前、取り消すことなどできなかった。

「よろしくお願いします、若」

鉄五郎まで深々と頭を下げてくる。

「わ、分かりました。しかし毎回思うけど、俺たちみたいな素人（しろうと）で、本当にいいんですね。

六之助さんの思う通りのせりふ回しができるとは思えねえけど」

「何をおっしゃいます。もはやお二人は役者も同じ。お二人に言ってもらえると思えば、いいせりふも浮かぶというものです」

六之助はそれまで以上にやる気に満ちた声で言う。

「念のためにお訊きしますが、六之助さんはどんなお話を書くつもりなんですか」

弥助が慎重な口ぶりで問うた。

「あ、それでしたら、先生からのご指示がありまして」

と、六之助はその場で姿勢を正した。

「近頃、江戸で起きた事件を使って書くように、とのことなのです。もちろん、そのまま芝居に仕立てるわけじゃありませんが、私は駿河台で起きた詐欺事件を使おうと思うのです」

「駿河台の詐欺……？」

「はい。とある大店のご隠居さんが駿河台で独り暮らしをしていたんですが、そこに、かつて手代だった男の娘と名乗る女が現れましてね。父親のご恩返しがしたいと、ご隠居さんの世話を始めたそうなんです」

その老人は少し物忘れが出ていて、跡を継いだ息子一家とは別居の上、折り合いもよくなかった。そこで、現れた娘を家に入れ、世話を任せるようになったのだが……。

「ご隠居さんはいい娘が来てくれたって、大喜びだったそうですよ。その娘も甲斐甲斐しくお世話をしていたんですが、ひと月ほどが経(た)つと、ご隠居さんの有り金を持って姿をくらましてしまったんです」

「そりゃあ、ひでえな」

　犯人の女はまだつかまっていないという。

「実は詐欺事件と聞いた瞬間、これだと思ったんです。詐欺という言葉が何から生まれたか、若旦那はご存じですか」

　続けて、六之助は喜八に目を据えて問う。少し考えた後、喜八ははっとなった。

「……まさか、鳥のサギから来たっていうんじゃないですよね」

　店の名である「かささぎ」が騙(かた)りの詐欺と関わっているなど、ありがたい話ではない。

「何だと、そんなわけがあるか。お前、いい加減なことを言うんじゃねえ」

　鉄五郎がこれまでとは打って変わった口ぶりで弟を叱りつける。

「まだ何も言ってないでしょ」

　六之助は口を尖らせて言い返したものの、喜八に対してはにこやかに「ご安心ください。鳥の鵲(かささぎ)とは関わりありません」と続けた。すると、その後すぐ、

「この国で最初の詐欺を行った、因幡(いなば)の白兎(しろうさぎ)から来ているんじゃありませんか」

と、弥助が冷静な口調で答えた。

「何だって。因幡の白兎なら、俺も知ってるぞ」

喜八が驚いて声を上げるのと、

「さすがは弥助さん」

と、六之助が破顔するのはほぼ同時であった。

「白兎のことを、もとは『サギ』と言ったそうなんです。今、サギといえば鳥のことになってしまいますがね」

取りあえず、鵲と詐欺は関わりがなかったようだ。

「因幡の白兎の話は、まあ、言わずもがなでしょうが……」

と断りつつも、鉄五郎の知識を危ぶんだのか、六之助は丁寧に語り始めた。

昔、隠岐島（おきのしま）で暮らす白兎が本島へ渡す術（すべ）がなくて困っていた。そこで、兎は鰐鮫（わにざめ）を騙（だま）すことを思いつく。「私の一族とあなたの一族と、どちらの数が多いか競争しましょう」と白兎は持ちかけ、鰐鮫たちを島と島の間に並ばせるのだ。白兎は数を数えるといって、鰐鮫の背から背へ飛び移りながら海を渡る。

ところが、いよいよ地面に足を付けようという時、得意になった白兎は「騙されたとも知らずに」と口走って、鰐鮫を怒らせてしまい、皮を剝（は）がれてしまう。その後、白兎自身も神々に騙され、傷ついた体を海水で洗い、風に吹かれていたところ、大国主命（おおくにぬしのみこと）に助けられることになるのだが……。

「この話から、騙すことをサギと言うようになったそうなんですよ。私はね、詐欺とは奥深いものだと思うんです。白兎のように詐欺を行う側にも事情があり、いい気になっていると、ちゃんとお仕置きが待っている。もちろん、悪は裁かれなくちゃいけません。このようなお話を私も書けないものかと、意欲が掻き立てられるんです」

六之助はやる気満々であった。

「因幡の白兎ねえ」

そういえば、六之助は兄の鉄五郎と違って色が白く、何やら人の好さそうな顔つきが兎に見えなくもない。

「まあ、すぐというわけにはまいりませんが、書き始めましたらお知らせいたします。その節はぜひお力添えください」

力のこもった声で言われ、再び兄弟そろって頭を下げられると、もう返事は一つしかない。

「……分かりました。楽しみにしてますよ」

しょうことなしに言った時、弥助の溜息の音が妙に大きく聞こえた気がした。

五

　それから数日は晴れの日が続き、山村座の興行も予定通り行われていたが、六月もあと十日という日、再び雨降りとなった。この日は朝からの雨だったので、興行は二回とも中止になったという。

「残念だわ。今日はおくめと『雨降り曾我』を見に行くつもりだったのに」

　昼四つ（午前十時）を少し過ぎた頃、かささぎへやって来たおあさは、外の雨を恨めしげに見やりながら言う。

「でも、代わりにかささぎでゆっくりさせてもらえて、あたしは嬉しいです」

　おあさの前に座ったおくめは、時折、店の中を行き来する弥助に目をやりながら、満足そうであった。

「そりゃあ、あたしもここでゆっくりできるのは楽しいけれど……」

　おあさはよく冷えた甘瓜に箸を伸ばしながら言う。

「浮かない顔だね」

　手の空いていた喜八は、通りかかった時に声をかけた。

「暇ができたのなら、昼もうちで食べていったらどうかな」

「そうねえ。こんな雨じゃ、あちこち歩き回って、話の種を拾い集めるのも難しそうだし。こうしてお茶屋に陣取って人の話に耳を澄ませていた方が、いい話が聞けるかもしれないものね」

狂言作者の娘であるおあさは、そうやっていつも町の噂話(うわさばなし)や事件の成り行きなどに聞き耳を立てている。だから、江戸の町に起きたことで、知りたいことがあれば、おあさや儀左衛門、六之助に尋ねると、教えてもらえることが多い。

六之助の話していた駿河台の詐欺事件について、おあさにも訊いてみようかと思ったら、

「ねえ、喜八さん。今、少しお話ししてもいい？」

と、おあさから先に訊かれた。

幸い、真昼まではまだ間(ま)があるので、店の中の客は少ない。今は弥助も手が空いていて、調理場の前で客席に目を向けているから、問題はないだろう。

「ああ、かまわないよ」

と、喜八が答えると、

「前にお話しした、かささぎを役者に会える茶屋にするっていう企(くわだ)てなんだけれど」

と、おあさは身を乗り出すようにしながら、小声で言った。

「あ、ああ。その話か」

それは、かささぎを繁盛させたいという喜八の望みに対し、おあさが持ちかけた案であ

った。おあさが言う役者とは喜八と弥助のことだ。確かに、これまで起きた事件解決のため、山村座の興行がない日、芝居小屋を借りて芝居をしたことはある。喜八は三回、弥助は二回。

本物の興行でないとはいえ、役者と一緒に舞台に立ったのは事実である。それができたのも、喜八の叔父が山村座の人気女形だからなのだが、そういう機会を経て、少しずつ役者っぽく見られ始めた自覚はあった。

だが、喜八は役者になるつもりはないし、弥助とて同じだろう。いや、案外、喜八が一緒に役者になってくれと頼めば、言うことを聞いてくれたりするのだろうか。

ふと、そんなことを思ってしまい、いやいやと喜八は首を横に振った。

弥助は子供の頃からずっと一緒に生きてきた幼馴染みであり、仲間であり、兄のような存在でもある。弥助の父の百助が、喜八の父大八郎の一の子分だったこともあり、弥助は昔から喜八の言うことには何でも従ってきた。もっとも、喜八を守ることが最優先なので、喜八が自分の身を犠牲にするようなことを命じれば、従わないかもしれない。これまでは幸い、そういう事態に至ることがなかったが……。

ただ、このままではいけないのだろう。

そう思うことはある。このまま自分が弥助に甘え続けてしまうことも、弥助が自分の人生を顧みず、喜八のことで頭がいっぱいになっていることも――。

だが、いつかこのままではいられなくなると分かっていても、それがどういう形でやって来るのかは分からない。何か抜き差しならぬ事態に直面して、もう二度と会えないような形での別離となるのか、それとも、いつでも会える近い距離を保ったまま、緩やかに別々の道を見つけていくのか。

（俺の親父と百助さんみたいに、一方が死んで、一方が生き残るってことだって……）

いや、そんなことがあっていいはずないと、喜八はもう一度、首を横に振る。

「喜八さん、どうしたの」

はっと我に返ると、おあさとおくめから不思議そうな目を向けられていた。思わず弥助の方を見ると、心配そうな眼差しとぶつかった。

（俺は何を考えているんだ）

ひょんなことを考えつき、果てしなく遠い未来に心を飛ばしていた。

「いや、何でもないよ。ちょいと考え込んじまって」

喜八はわざと明るい声を出す。

「あたしの思いつきを、そんなに真剣に考えてくれていたの？」

おあさは自分に都合よくとらえたようだ。

「いや、そうじゃなくて」

喜八は慌てて言う。

「その、役者に会える茶屋だっけ、どうもうまく思い描けなくてさ。俺と弥助だけで、そんなふうに言っていいのかとも思うし」

何とか取り繕って説明すると、おあさは急に真面目な顔になった。

「ねえ、喜八さん」

少し耳を貸して――というように手招きしてくる。

「『へ』の席のお客さんをこっそり見て」

おあさからささやくように言われ、目だけを動かして、「へ」の席を見る。かささぎの客席には、いろはにほへと――の順に便宜上の名前が付けられていて、おあさもそれを知っていた。「へ」の席は入り口に近いところにある。

今、その席に座っているのは女の一人客で、待ち合わせでもしているのか、外の通りを気にしていた。年齢は二十歳ほどだが、鉄漿（おはぐろ）をしていないので独り身なのだろう。

（前に来たことのある客だったか。今日は弥助が応対したんだったな）

後で確かめなくては、と思いつつ、今はおあさの言葉に集中する。

腰を屈（かが）めている姿勢の喜八のことを気遣ったか、おあさは奥の席へ移動し、喜八にも座るよう勧めた。

「近くを通った時、ちらっと見ただけだけど、あの人、たぶん、山村座の役者さんに会いたくて、待ち伏せしてるんだと思うわ。今日は興行がお休みだから」

「え、でも、今日役者さんたちが来るなんて話は聞いてないぞ」

小声のつもりではあったが、おあさに比べれば大きな声を出してしまい、「しいっ」と注意されてしまう。

「でも、来るかもしれないでしょ。ここは藤堂鈴之助のおかみさんがやっている店だから、来る見込みだってある。もちろん来ないこともあり得るけど、それはあのお客さんも承知の上なのよ」

おあさは続けて、彼女がどの役者を贔屓にしているのかは知らないが、おそらく役者を酒席に招けるほどの金は出せないのだろう、と言った。だから、芝居小屋以外の場所で会える見込みにかけて、茶屋で待っているのだろう、と——。

「そんなに熱心に待っているのなら、会わせてやって、話くらいさせてあげたいけどな」

つい情にほだされて、喜八が呟くと、「何を言っているのよ」とおあさから叱られた。

「気安く会えるのなら、そこらの男と同じじゃないの。どんなに会いたくても、芝居小屋の舞台でしか見られないから、役者さんは特別なのよ。それでも、どうしても会いたいと思う人が、それなりのお金を払って、大茶屋の酒席へ役者を招くの。だけど、それじゃあ、あたしたちみたいな小娘は一生、役者さんと会うことなんてできないわ」

「まあ、そうかな」

「でも、小茶屋へ入るお金で役者さんに会えるのなら、どう？　別に山村座の四代目や藤堂鈴之助に会おうって話じゃないのよ。大物役者に会いたい人は、大茶屋でお金を使えばいいの。でも、今は端役しかやってなくても、いずれ人気者になりそうな若い役者さんを応援したい人だっているのよ」

おあさは小声を保ちながらも熱心に言う。

「それじゃあ、おあささんはこの店に若い役者さんを呼んで、贔屓のお客さんとおしゃべりできるようにすればいいって言いたいわけかい？」

「まあ、ゆくゆくはそういう形もありだと思うわ。でも、いきなりは無理でしょ。どんなに下っ端の役者さんだって、たまたま立ち寄った茶屋でお客さんと話すならともかく、話をするためだけに茶屋でひたすら待ち続けるなんて、承知してくれるとは思えないわ」

「そりゃあ、そうだよなあ。それで、お金をもらえるっていうならともかく」

「だから、まずはお試しということで、喜八さんと弥助さんがそれをするのよ。もちろん、今まで通りに運び役をやりながら、休憩の前と後で、衣装を変えるとか。特別な話なんかしなくていいから、注文の訊き方とかを、役に似せてやってみるとか」

「役に似せて？」

「そうそう。たとえば、この前の『屈原憂悶の泡沫』の楚王とかなら、王様みたいに『ゆるりとしていくがよかろう』って言ってあげるとか」

おあさはせりふの部分だけ、声色を変えて言う。それがなかなか様になっているので、喜八は思わず笑ってしまった。喜八につられたのか、おくめも笑い出す。

「いや、おあささん。なかなか上手いよ」

「お嬢さんが役者さんの真似事をしたらどうですか」

などと二人でからかったので、おあさはふくれてしまった。

「もう。あたしは真剣に考えているのに」

「真剣さはよく分かったよ。俺一人でできることじゃないし、衣装だって山村座から貸してもらえるわけじゃない。弥助とも相談しながら、もう少しじっくり考えさせてもらうよ」

話に区切りをつけ、「へ」の席へ目をやると、女客は甘酒を飲みつつ、なおも通りの方を気にしている。

「そういや、おあささんたちは駿河台のご隠居が金を取られた詐欺について、何か聞いているかい」

喜八はふと思い出し、話を変えた。

「その話なら、お弟子さんたちの間で話題になっていたけれど、犯人の女はつかまっていないとしか」

と、言いかけたおあさは、「そういえば」と喜八に目を据えた。

「ご隠居さんの方は今でも騙されてなんかいないって、お役人に言っているそうよ」

「え、詐欺事件なんだろ」

「あ、ええと、騙されたって言っているのは、ご隠居さんの息子さんなの。ご隠居さんとは別々に暮らしていて、知らないうちに父親の金を持ち逃げされたと訴え出たのだそうよ。でも、ご隠居さんの方は、その娘の身元は確かで、金も自分がくれてやったと言い張っているんですって」

「ご隠居さんがあげたのなら、事件じゃないよな」

「んー、でも、息子さんの方は、父親は惚けているから、その話は当てにならないって言っているとか」

「けど、そんな親父さんを放っておいた息子にも、問題はあるだろ」

「ご隠居さんと息子さんのご一家はいろいろあって、仲が悪かったそうよ」

おあさが知っているのはそこまでだった。

「六之助さんはこの事件を種に、芝居を書きたいと言っていたけれど」

喜八が言うと、おあさたちもその話は知っていた。

「けど、今聞いた話じゃ、ずいぶん複雑そうだ。六之助さんは大丈夫なのか」

それとも、そういう方が芝居には仕立てやすいものなのだろうか。そんなことを呟くと、

「そうねえ。実際の事件はただお芝居を書くきっかけに過ぎないから、事件そのものが複雑だとか解き明かすのが難しいとか、そういうことは関わりないんじゃないかしら」

と、おあさは考えをまとめるような様子で言った。

「きっかけに過ぎないって、その程度のものなのか」

「ええ。事実とそっくり同じ筋書きってわけにはいかないもの。違う時代のお話にするのはよくある手だし、実際にはいた人物が抜けていたり、いない人物が登場するなんてこともままあるわ。男女が入れ替わっていたり、年齢がぜんぜん違っていたり、何でもありなのよ。だって、それがお芝居なんだから」

おあさはにっこりと笑って言う。その笑顔はまぶしいくらいに明るかった。

（おあささんは、お芝居が本当に好きなんだな）

さすがは狂言作者の娘だと思いながら、「なるほどね」と呟き、喜八は立ち上がる。

「実はね」

行きかけた喜八の背中に、おあさの声がかけられた。

「駿河台の詐欺事件には黒幕の男がいたの。男は若い美人を複数手下にしていて、彼女たちに指示を与えていたのよ。女たちは騙し役ね。だから、女をいくらつかまえたって事件は終わらないの」

「ええっ、あの事件には黒幕がいたんですか」

おくめが驚いた声を上げ、喜八も振り返った。

「あたしがお芝居にするなら、そういうふうにするかもってこと」

おあさは喜八とおくめを交互に見ながら、悪戯っぽい笑みを浮かべる。

「もう、お嬢さんったら」

おくめが怒り、「ごめんなさい」と言いながら、おあさは笑っている。

（本当の話かと思っちまった）

喜八は苦笑しながら、胸に呟いた。

（けど、おあささんの作る筋書きは面白そうだな）

六之助は今のおあさの思いつきに勝るものを書けるのだろうか。そんなことを思いながら、目を戸口の方へ向けると、ちょうど新たな客が入ってきたところであった。

六

そろそろ昼餉目当ての客がやってこようかという頃、店へ入ってきたのは鬼勘である。

鬼勘こと中山勘解由は、今ではかささぎの常連のような顔でやって来るし、実際、そうでもあったのだが、喜八との因縁は浅くない。八年前、江戸で旗本奴や町奴が一斉にお縄となった際、喜八の父の大八郎は捕らわれの身となり、牢で死んだが、その大捕物の旗を振ったのが鬼勘の父、中山直守なのであった。

当時の鬼勘は、火付人を追捕するお役に就いており、町奴たちの弾圧そのものに関わってはいないが、父の跡を継いでからは、江戸の治安を守るのは自分の務めとばかり、実に熱心に仕事に励んでいる。

町人たちの暮らしぶりに目を光らせ、度を超えた贅沢をしていないか、風紀を乱すような商いをしていないか、果ては芝居の中でお上を諷刺するせりふを吐いてはいないか、などなど。見回りに手を抜くことはない。

芝居小屋のある木挽町は特にしっかり見張らなければ、と思うのか、かなりの頻度でやって来る。木挽町に来れば、これまたほとんど毎回、かささぎにも姿を見せる。

ただし、かささぎに来るのは松次郎の料理が気に入っているからで、鬼勘自身そう言っていた。果ては、芝居小屋によく出入りするのも、もしや相当な芝居好きだからなのではないかと、喜八はひそかに勘繰っている。

「おや、中山さま。おめずらしいですね」

傘を折り畳む鬼勘とその配下の者たちを出迎え、喜八は声をかけた。

「何だと。それは、もっと頻繁に店へ来てほしいということか」

鬼勘は意外そうな目を向け、ぬけぬけと訊き返した。

「誰もそんなことは言っていませんよ。数日前にもいらしてくださったでしょ。興行のない雨の日に木挽町へいらっしゃるのがめずらしいと言ったんです」

「私は木挽町へ芝居を見に来ているわけではない」

鬼勘は言い、畳んだ傘を弥助に預けると、喜八の案内で席へと移動した。鬼勘が連れている配下の侍は二人。店が混んでいる時は外で待たされることも多いが、今日は雨降りのせいか、中へ伴われた。

喜八が鬼勘たちを奥の「に」の席へ案内すると、「へ」の席に座っていた女客は、そっと弥助に声をかけて出ていった。どうやら役者との偶然の出会いはあきらめてしまったようだ。

「さて、今日のお勧めは何かね」

「そうですね。日が出ていないとはいえ蒸していますから、さっぱりしたそうめんやお蕎麦、海苔巻きなどに、田楽や飛竜頭など濃い目の味付けの品を合わせるのはいかがでしょう。漬物は……」

鬼勘たちに胡瓜は勧められないので、青瓜や白瓜、茗荷などがあると伝えた。

「甘瓜も入ってますから、最後にさっぱりと口の中を潤していただいてもよろしいかと」

鬼勘は田楽と飛竜頭、白瓜の漬物と甘瓜をそれぞれ三人前注文した。他に、鬼勘は蕎麦を、配下の二人はそうめんを頼んでいる。

弥助が冷や水を運んできたのと入れ替わりに、喜八は注文を伝えるため調理場に下がった。

喜八に遅れて調理場へ戻った弥助は、少し眉をひそめつつ、

「おあささんが鬼勘に話しかけてましたよ」

と、小声で告げる。おあさたちは奥の『い』の席に座っていたから、『に』の席の鬼勘たちとは通路を挟んで隣り合わせている。客同士が話をするのは勝手だが、鬼勘とおあさに限ってはよいことではないと、弥助は思うふうであった。

喜八は客席と調理場の間を隔てている暖簾まで近付き、耳を澄ませた。奥の席は調理場に近いから、おあさと鬼勘の声も聞こえてくる。

「駿河台の事件はまだ犯人がつかまってないのですよね」

おあさは事件について、鬼勘からくわしい話を聞き出そうとしているようだ。

「犯人がつかまれば、読売(よみうり)に書かれるだろう。私に訊かず、読売を買ってはどうかね」

鬼勘はまともに答える気がなさそうである。

「読売で分かるようなことなら、こうして中山さまに伺ったりしません」

おあさはへこたれる様子もなく、言葉を返した。鬼勘の返事はない。苦虫を噛み潰しているその顔が頭に浮かび、喜八は笑い出しそうになるのをこらえた。

「ご隠居さんを騙してお金を奪った女の人のこと、ご隠居さんは庇(かば)っているんですよね。私は騙されていないって。女の人は確かに昔、自分が世話をした手代の娘だって」

「お調べやお裁きに関わることは口にできぬ」

鬼勘は断固たる口ぶりであったが、おあさはまったく気にするふうもなく、

「お金もご自分であげたって、おっしゃっているんですよね」

と、平然と続けた。鬼勘の返事はもう聞こえてこないので、おあさの相手はしないと決めたのかもしれない。

さすがのおあさもあきらめたのか、会話はそれなり途切れてしまった。

「いや、おあささん。大したもんだな。あの鬼勘相手にまったく気後れしていない」

喜八は小声で弥助に告げた。

「図々しさは父親譲りなんですかね」

弥助は苦々しい口ぶりで言い捨て、暖簾の向こう側へと姿を消した。鬼勘たちに出す白瓜の漬物の皿が調ったのを機に、喜八はそれを席へと運ぶ。

「若旦那、ちとよいか」

鬼勘が顔をしかめながら声をかけてきた。

「東先生の娘御と鉢合わせた際は、できるだけ遠い席を頼む」

喜八はちらとおあさを見る。目が合うと、おあさはにっこりと笑い返してきた。

「あちらは、中山さまのお近くに座りたいご様子ですが」

喜八も何食わぬ様子で言葉を返すと、「冗談ではない」と鬼勘は不快な口ぶりで言う。

「まあ、お席に余裕のある時はそのように計らいましょう」

今日も別の席へ移りたいかと尋ねると、今日はこのままでよいとのこと。「それでは、

ごゆっくり」と鬼勘たちの席を離れた途端、

「喜八さん」

と、おあさから明るい声がかかった。

「追加の注文をお願いします」

前に頼んでいた甘瓜は二人とも食べ終え、そろそろ昼餉を注文しようということらしい。海苔巻きと田楽、焼き茄子をそれぞれ二人前、さらにおあさは茗荷の甘酢漬け、おくめは胡瓜の甘酢漬けを頼むという。

「海苔巻きには胡瓜が入っているけど、かまわないか」

念のため尋ねると、「もちろんよ」という返事であった。

おあさたちの注文を受け、暖簾の奥へ入ろうとすると、「ああ、若旦那」と今度は鬼勘から声がかかる。

「少し話しておきたいことがある。すぐ済むので、店が混む前に来てくれ」

鬼勘の目は真剣だった。喜八はすぐに調理場の松次郎へ、新たな注文を伝えると、鬼勘の席へ取って返した。

鬼勘と配下の侍二人は向かい合う形で座っており、鬼勘の隣は空いている。そこへ座るようにと言われたので、喜八は素直に腰を下ろした。

「話というのは、巴屋（ともえや）の件だ」

鬼勘は声を潜めた上、取り出した扇子で口を覆って告げた。この用心ならば、おあさたちにさえ聞こえていないだろう。

巴屋とは、山村座の芝居小屋と通りを挟んで建つ大茶屋で、そこの主人仁右衛門(じんえもん)とかささぎは少々揉めていた。

最初の揉め事は、巴屋の用心棒として弥助を引き抜きたいと言うのを断ったことによるものだ。喜八も弥助も、話にならない申し出だと突っぱねたのだが、巴屋はそれならかささぎを自分の店の傘下にしたいと言い出した。弥助を引き抜く代わり、巴屋から奉公人をかささぎへ差し出そうというのだ。それにも聞く耳を持たないでいたら、どうも逆恨みされたらしい。

その後も、山村座の芝居に出てきた茶屋の名を「かささぎ」から「巴屋」に替えろと言い出すわ、かささぎで出した「三(み)つ巴(どもえ)」という品書きはもう使うなと言い出すわ、喜八からすれば滅茶苦茶なことばかり要求してくる。

これらの嫌がらせは役人に訴えるほどではなかったが、ひょんなことから、鬼勘が巴屋の主人の過去を調べてくれることになった。ところが、伊勢から江戸に出てきたことは分かったものの、巴屋を買い取る以前のことははっきりしない。さらには、昔の仁右衛門を知るという者から聞いた風貌と、今の仁右衛門の風貌がかなり違っていたことから、鬼勘も何やら巴屋に不穏なものを嗅ぎ取ったふうである。

引き続き、巴屋仁右衛門について調べ続け、何か分かったら知らせてくれることになっていたのだが……。

「伊勢から江戸へ来る者がいてな。伊勢にいた頃の仁右衛門を知っているという」

喜八は口はつぐんだまま、両目を大きく見開いた。鬼勘はその喜八の目に深くうなずいてみせた。

「実は、会う段取りをつけている」

「巴屋さんとも会わせるのですか」

喜八は低い声で訊いた。

「相手が望まぬ限り、直に会わせはしない。ただ、何とかして本人かどうかを確かめさせるつもりだ」

そうすれば、その者が知る仁右衛門と今の巴屋が同一人物かどうか、はっきりするだろう。十年以上も経てば、人相は変わることもあるが、顔の輪郭や骨組みまで変わったりはしない。明らかに背の高さや顔の形が違っていれば、別人という決め手になるはずだ。

(もし、本物の仁右衛門は別にいて、今の巴屋の主人がなりすましているとすれば……)

そんなことをする理由は見当もつかないが、それが事実なら、あの男はとんでもない秘密を抱えていることになる。となると、かささぎへのちょっかいや嫌がらせも、放置しておいてよいものかどうか。

「その者と会うのは来月の七日だ」

とささやいたのを最後、鬼勘は扇子を畳んだ。もう行けというように、畳んだ扇子で促される。

喜八は「ありがとうございました」と立ち上がって、頭を下げた。

鬼勘の目を見れば、本気で調べようとしているのが分かる。もちろん、なりすましの疑いが強くなったところで、すぐにつかまえることはできないだろうが、この件については鬼勘に任せるより他にない。後で、弥助や百助たちにこのことを伝えなくては、と思った時、弥助が鬼勘たちの料理を運んできた。

湯気の立つ田楽から、香ばしい味噌の風味が漂ってくる。

「おお、急に腹が空いてきたようだ」

鬼勘はたちまち破顔し、配下の者たちと一緒に箸を手にした。

「ふむ。この甘辛さがたまらぬな。蒸し暑さを忘れさせてくれる」

串刺しの田楽を一口食べた鬼勘は、ほくほくした笑顔で言う。美味いものを食べた時はいつもこうして声を上げ、他の客に聞かせるのもまた、己の務めと思っているのか。

甘辛さがたまらないと言うだけあって、その後は湯飲みの冷や水をごくごく飲んでいる。水を追加しなければと思いつつ、喜八は調理場へと足を向けた。

第二幕　夏越御膳(なごしごぜん)

一

六月も残すところ、あと五日。

店じまいの時刻となったかささぎでは、まだ一人だけ客が残っていた。すでに深い馴染(なじ)みと言ってよい六之助だが、この日は師匠の東儀左衛門とも兄の鉄五郎とも一緒ではない。

めずらしく一人でやって来て、誰と待ち合わせることもなく、黙々と食事をしていた。食事の後は、甘瓜(あまうり)を追加で注文し、何やら物思う風情で一切れずつ口に運んでいたが、それももう食べ終わっている。

「六之助さん」

喜八が声をかけると、「あ」と小さく呟(つぶや)き、顔を上げる。喜八を見上げ、周りを見回し、店じまいだと気づいたらしい。
「つい考えごとにふけってしまって……。相すみません」
いつになく力のない声で言い、金を置いて立ち上がろうとする。
「あ、少しお待ちください。まだ暇がおありなら、甘瓜をもう一皿いかがですか。お代は
けっこうですから」
六之助は喜八を見上げたまま不思議そうな顔をした。
「暇はありますけれど、なぜそんなお気遣いを？」
「実は、これから松つぁんの話を聞くことになってるんですが、六之助さんのような物知
りがいてくれると、助かりますのでね」
これまでも、新しい献立を考える時、儀左衛門からちょっとした助言をもらうことがあ
った。ただし、今の儀左衛門は堺町の芝居小屋で、自ら書いた芝居がかかっているらしく、
そちらに詰め切りであるという。
「先生がご一緒ならよかったんですが、私でお役に立てますものか」
六之助は自信なさそうな表情になる。
「別に、案を出してくれと言うわけじゃありません。俺たちの話におかしなところがあっ
た時、教えてもらえれば……」
と、そんなやり取りをしているうちに、弥助は暖簾を下ろし、松次郎は甘瓜を一皿、六

之助の前に置いた。示し合わせたわけでもないのに、すぐに対応してくれる松次郎の気働きには頭が下がる。

「それじゃあ、六之助さんも聞いてくれるっていうから、ここで松つぁんの相談を聞こうか」

喜八が言うと、

「その前に、軽く食べられる握り飯を用意しましたんで、こっちへ運びましょう。若と弥助は腹も減ってるでしょうから」

と、松次郎は言い、あれよあれよという間に、握り飯と漬物、それに味噌汁を運んできてくれた。

そこで、喜八と弥助は握り飯をほおばりながら、六之助は甘瓜を食べながら、松次郎の話に耳を傾ける。

「ご相談したいのは、夏越の祓と来月の七夕のことなんで」

松次郎はそう切り出した。

夏越の祓は六月末日、まずは半年を無事に過ごせたことに感謝し、残る後半の歳月を無病息災で過ごせるよう、災厄を祓う年中行事である。

七夕は七月七日の節句であり、女子の技芸上達を祈る日であると同時に、天の川で隔てられた牽牛と織女が一年に一度逢える日でもあった。

これまでも、かささぎでは節句に合わせたその日限りの料理を出し、なかなか好評を博してきた。だから、松次郎はこの両日でも、その日だけの新しい料理を出してみたいのだろう。

「夏越の祓と七夕か。今度はまた、日を置かずにやって来るんだな」

喜八の言葉に、松次郎がうなずいた。

「特別な献立を出すのは、どちらか一方でもいいんですが」

と、低めの声で続ける。

「それでしたら、七月七日は外せません。これまで、三月三日の雛あられ、五月五日の菖蒲ちまきと来たのですから、お客さんも期待しているでしょうし」

弥助が口を挟んだ。確かにその通りで、七月七日は何かしたいと喜八も思う。

「なら、七月七日は何か一日限りの献立を出すとして、夏越の祓はどうする。できれば何か出したいよな」

喜八の言葉に、二人ともうなずいた。

「まずは、夏越の祓に食べるものが何か、ということだな」

「それでしたら、水無月という菓子を食べることが知られていますが」

と、松次郎。

「菓子か。まあ、雛あられも出したし、それも悪くはないが……」

「水無月は確か、外郎の生地に小豆を載せた三角の菓子でしたね」

喜八と弥助の言葉に、松次郎が黙ってうなずき返す。

「水無月ですか。それはいいですなあ。私は一年のうちに何度も食べたいくらい、あの菓子が好きですよ」

六之助がこの日初めて笑顔を浮かべた。

「六之助さんは甘いもんが好きだからな」

「はい。こちらで水無月が食べられるなら、喜んで注文するお客さんはいるでしょう。ただ、菓子屋で買って帰ろうという人も多そうですね」

「そりゃ、そうだよな」

喜八は握り飯の最後の一口を飲み込んでから言った。

「うちは茶屋ですから、水無月を出すのは悪くねえと思います。けど、菓子屋に勝るものは作れませんで」

松次郎が淡々と述べる。

「けどねえ、松次郎さんの持ち味はやっぱり料理でしょう。かささぎは美味しい料理を食べさせてくれるというので、近頃じゃ評判になってきています。その強みを生かさないのはどうか、とも……」

六之助が首をかしげる。

「そうだよな。俺も松つぁんには料理で勝負してもらいたいよ」

喜八の言葉を受け、「それでしたら」と弥助が言い出した。

「水無月は当日の品書きに加えるとして、他にもその日限りの料理を出すのはどうでしょう。料理と菓子を組み合わせて、夏越御膳などとしてもいいですし」

「お、夏越御膳っていうのはいいな」

「私もそう思います」

六之助もすぐに賛同したので、取りあえず「夏越御膳」なるものを出すことが、先に決まってしまった。

「それじゃあ、夏越御膳の料理の方だな。そもそも、菓子の水無月以外に、その日は何を食べるんだ」

「五月五日のちまきのように、これというものはないようですが……」

松次郎は残念そうに言い、弥助も特に聞いたことはないと言う。最後に皆の眼差し(まなざし)が六之助に集まった。

「いや、そんなに期待のこもった目で見られても、私も困るんですが」

六之助は戸惑っている。

「けど、六之助さんには、何か引っかかってることがあるのでしょう?」

切り込むように言うと、「若旦那(わかだんな)には敵(かな)いませんなあ」と六之助は苦笑した。

「いえ、それが夏越の祓の正しい料理なのかどうかは分からないのですが、夏越の祓に無病息災を願って茅の輪くぐりをすることは、皆さん、ご存じですよね」

「ああ、それなら知ってますよ」

喜八が言い、弥助と松次郎もうなずいた。

「なぜ茅の輪なのか、その話はご存じで？」

「え、それは……」

喜八は知らなかった。弥助の方を見ると、

「確か、茅の輪を身に着けていた者だけが疫病から免れた、というような話が元になっていたかと」

と、少し自信が持てぬ様子ながらも言う。

「その通りです。さすがは弥助さん」

六之助は笑顔になると、さらにくわしいことを語り出した。

「これは『備後国風土記』という古い書物にある話なんですが、ある時、スサノオが素性を隠して一夜の宿を乞うんです。その村には、裕福な弟の巨旦将来と貧しい兄の蘇民将来がいたんですが、弟は断り、兄は貧しいながらも粟でスサノオをもてなしました。立ち去る時、スサノオは兄に小さな茅の輪を渡し、腰につけておけば、疫病から逃れられると言い残しました。その後、村の人々は皆、疫病で死んでしまうんですが、蘇民将来の娘だけが生き残れたというわけです」

「だから、茅の輪をくぐると無病息災でいられるって言われてるんだな」

「そこまでくわしいお話は初めて聞きました。さすがは六之助さんです」

喜八と弥助がそれぞれ感心し、六之助も嬉しそうである。

「それで、夏越の祓には、粟を含めた雑穀の飯を食べると聞きます。茅の輪のように丸い形のものを食べるのもいいとか」

「丸いものって、たとえば？」

「いや、私の家ではそんなことはしてませんでしたから」

よく分からないと、六之助は首を横に振った。

「特に決まってないなら、考え次第でよいのでは？　丸い食材というと何がありますか、あにさん」

弥助が松次郎に目を向けて訊いた。

「まん丸じゃねえが、豆類なら枝豆にそら豆に小豆、切り口が丸くできるのは茄子に胡瓜といったところか」

「あ、さすがに胡瓜は除いた方がよろしいでしょう。切り口は葵の御紋に見えますからね。お客さまがお侍でないとしても、縁起物として出すんですから、どこからも文句の出ないものにするべきです」

六之助の忠告には皆が納得した。

「雑穀に豆を入れて炊き、その上に丸い茄子の衣揚げを載せるのはどうでしょう」

「小豆は入れるといいんじゃねえか。ほら、水無月でも使うわけだし」

弥助と喜八が続けて言い、「小豆は邪気を祓うと言われますからね」と六之助も言い添えた。

「なら、ご飯ものは雑穀飯で決まりとして、それに水無月の菓子を添えるだけじゃ、御膳って呼ぶのは何だか物足りないよな」

喜八の言葉に、誰もが思い思いにうなずいたものの、それ以上はよい案が出てこなかったので、

「雑穀飯に合うお菜を考えてみます」

と、松次郎が話を切り上げるように言った。

「雑穀飯と水無月で、夏越の祓にまつわるものは十分ですから、他はこだわらなくていいかもしれませんね」

と、六之助が言い、松次郎もおもむろにうなずき返す。

「そういや、水無月が三角の形をしているのはどうしてなんだ」

食べ終えた器を片付けにかかった頃、喜八はふと思いついて呟いた。

「言われてみれば……」

と、弥助も首をかしげる。

「茅の輪にちなんで丸い物がいいのなら、水無月の形が丸くたっていいですよね。そもそも、丸い菓子は多いですし」

再び皆の眼差しが六之助へと向けられる。六之助は顔を綻ばせ、

「さすがは若旦那。大事なところに気づかれますね」

と、言った。

「あの菓子はもともと氷に似せて作られたものなんです。というのも、水無月――つまり六月の朔日に、三角に切った氷を宮中に差し上げる風習があったそうで、それが夏越の祓と結びついて、あの菓子になったわけですね。水無月という名前もそこに由来するようですよ」

「さすがは六之助さん、何でもご存じなんですねえ」

喜八が感心して呟くと、「いやあ、それほどでも」と六之助は嬉しそうに頭をかく。どうやら、少しは気持ちもほぐれたようだ。

「それで、六之助さん。何かあったんですか」

喜八はさりげなく水を向けてみた。六之助は笑みを消すと、「お見通しでしたか」と肩を落とす。

「いや、まあ、あれだけ分かりやすく考え込んでいればね」

六之助はほろ苦く笑い、その後はするすると打ち明け始めた。

「実は、先日、皆さんの前で新しい台帳を書くと張り切ってたんですが、お恥ずかしいことに……」

「はかどってないんですか」

「はかどらないどころか、まだ一文字も書けていません」

「……そうだったのですね」

しかし、打ち明けてもらったところで、六之助がしてくれたような適切な助言を返すことはできそうにない。

「事件が片付いていないのはかまわないんです。そのままお芝居にするわけじゃありませんから。よく使う手は、別の古典や有名な話と混ぜ合わせ、まったく新しい物語に生まれ変わらせるというものなんですが、それがなかなか」

「六之助さんほど博識でも、難しいものなんですか」

喜八が首をかしげると、

「たくさんの知識がありすぎて、かえって難しいのかもしれませんよ」

と、弥助が横から言葉を添えた。なるほどと思いつつ、

「東先生にご相談することはできないのですか」

と、喜八が訊くと、六之助は首を横に振った。

「境町の興行が終われば、お願いできるかもしれませんが」

それまでは雑事を儀左衛門の耳に入れるわけにはいかないという。

「それに、自分の力だけでどうにかしたいという気持ちもありますし」

六之助は気を取り直した様子で、表情を引き締めた。

「皆さんとお話をしているうちに、気も晴れてきました。一人で悩んでいるだけではいけませんね」

「そうですよ。六之助さん、ぜひいいものを書いてください」

「はい。お二人にせりふを言っていただけると思えば、やる気も出てまいります」

そう言った時の六之助は、とりあえず元気を取り戻していた。喜八と弥助は顔を見合わせ、やれやれと、六之助に気づかれぬよう小さく息を吐いた。

二

松次郎が夏越御膳の味見をさせてくれたのは、夏越の祓の二日前のことである。

「夏越御膳は三品一そろえとなります。まずは、粟入りの雑穀に、豆と茄子の衣揚げを載せた夏越ご飯。これに、冬瓜(とうがん)の丸煮と水無月をつけます」

冬瓜の丸煮は、切り込みを入れて種とわたを取り除いた後、とろ火にかけて出汁(だし)をじっくり染み込ませ、最後にとろみをつけて仕上げたものだ。

横切りで二等分にされた冬瓜は椀のような形をしており、くり貫かれた真ん中に汁が詰まっている。据わりがよければ、平たい皿に載せることもできるそうだが、今回は椀より少し大きめの深い皿に入れられ、喜八と弥助それぞれに供された。

とろとろの果肉を汁と一緒にすくって味わってほしいという。汁物ともお菜とも決めにくいが、一口味見して「これは……」と、喜八は立て続けに何匙も口へ運んだ。

「優しくて深みのある味だな。それに、出汁の染み込んだ冬瓜の実がとろとろ溶けていく感じがいいよ」

「はい。他の料理では味わえない美味しさです」

弥助も驚きの表情を浮かべつつ、何度も冬瓜の果肉をすくっている。

「すごいな、松つぁん。これは、大茶屋でだってなかなか食べられない品だよ」

喜八の言葉に「まったくです」と弥助も続いた。

「この夏越御膳はそこそこの値をつけた方がいいでしょう。お客さんもその方が特別なものと期待して、ご注文くださると思います」

「ですが、問題がありやして。冬瓜は当日、そんなに数が入るとも思えねえんです」

と、松次郎が言い出した。

まだ旬には少し早いので、多くても十個といったところらしい。一食に丸ごと一つは多いとしても、半分ずつ供するとして二十食ほどしか用意できない。

冬瓜を使った別の料理も考えてみたそうだが、先の相談の際、「夏越御膳」という言葉が先に決まっていたため、それに合わせて松次郎も考案したとのことであった。

冬瓜を細かく切って煮たり、衣をつけて揚げたりといった料理では、どうしてもこの丸煮には見劣りがしてしまう。喜八も弥助も、この丸煮を食べた以上はもう、他の料理は考えられなかった。

「それじゃ、初めから何膳限りと銘打っておいたらいいだろう」

「そうですね。それなりの値をつけておけば、皆さん、納得してくださるはずです」

「代わりに、雑穀飯の夏越ご飯と水無月は単品でも頼めるようにすりゃあいい。縁起物を食べたいって人は多いだろうし」

「はい。こちらはお求めやすい値にすれば、よろしいでしょう」

喜八と弥助の間でそうしたやり取りが交わされ、六月三十日の当日、かささぎは夏越御膳二十食限り、夏越ご飯、水無月を売り出した。いずれも、この日限りの品である。

夏越御膳は百文。これまでかささぎでは付けたことのない高値であった。

他とは違う特別な木札を、前の日に弥助が作り、それを壁に掲げた。

「さあさあ、今日は夏も終わりの、夏越の祓。一年も半分過ぎた。もう半分の無病息災を願って、夏越ご飯はいかがですか。水無月もありますよ。そして大奮発できるお方は、夏越御膳を食べていっておくんなさい。夏越ご飯と水無月の他に、とろっとろの冬瓜の丸煮が食べられます。今日限りの献立ですよ。さあさあ、夏越の飯を食べてって」

よく晴れたこの日、喜八は店前で声を張り上げた。

「夏越ご飯ですって」

「甘い水無月で、一休みしていこうかしら」

芝居小屋へ向かう人がいるのはもちろんだが、この日は茅の輪くぐりに出てきた人もいる。そんな人たちが喜八の呼び声につられて、かささぎへ入ってくれたが、夏越御膳の注文はなかなか入らない。

(ちょいと気張りすぎたか)

昼の九つ(十二時)になり、昼餉を頼む人も出てきているのに、夏越御膳の注文が入らず、喜八は内心少し焦った。せっかくの絶品なのだから、その値打ちの分かる人にしっかり食べてもらいたいと、思い切って高値を付けてしまったが……。

「喜八さん、こんにちは」

そんな頃、現れたのは常連の若い女客、おしんと梢であった。どちらも京橋に暮らす大店の娘らしい。

「やあ、おしんさんに梢さん。今日は芝居見物に？　それとも、仲良く茅の輪くぐりかな」

喜八の前で足を止めた二人は嬉しそうににこにこした。

「お芝居は前に見たから、今日は茅の輪くぐりに行くの」

と、おしんが言う。

「そうか。無病息災をちゃんとお願いしなくちゃね。その前に、うちで食事か茶でもどう？　もし昼餉がまだなら、今日限りの夏越御膳っていう、ちょいと贅沢な献立もあるんだ」

喜八が誘うと、「まあ、そうなの」と二人はあっさり暖簾をくぐった。

「昼餉がまだだから、今日はぜひこちらでと思うのだけれど」

梢が品書きの夏越御膳に目を留めて呟く。

「夏越御膳を頼むと、夏越ご飯と水無月も食べられるのね」

「そうそう。御膳はちょいと値は張るけれど、冬瓜の丸煮がこれまたお勧めなんだ」

「丸煮って、丸ごと一つということ？」

「いや、大きさは半分に切ったものだよ。冬瓜はまだそんなに出回ってないからね。数が限られちゃってるんだ」

「あら、まだ残っているのかしら」

おしんが心配そうに訊く。

「それは大丈夫」

大丈夫どころか、まだ一人も頼んでいないが、そのことは伏せておいた。

「それじゃあ、あたし、頼むわ」

おしんが言うと、「あたしも」と梢も言い出した。

「百文なんだけれど、いいかな」

念のために尋ねると、二人はそれがどうしたという目をしている。二人にとって百文は大した額ではないらしい。

「ありがとうございます。それでは、しばらくお待ちください」

喜八はいったん下がって、「夏越御膳を二人前、よろしくな」と松次郎に告げ、冷たい水を用意すると、おしんと梢のもとに運んだ。

「ねえ、喜八さんは今日、茅の輪くぐりに出かける予定、おありなの？」

梢が上目遣いに尋ねてくる。

「いや、特に考えてなかったけど……」

「駄目よ、喜八さん。ちゃんと無病息災を神さまにお願いしなくちゃ」

「よかったら、あたしたちと一緒に行きませんか」

梢とおしんが口々に言う。

「あ、いや。俺は店があるから」

「……そうなの？」

梢は残念そうに目を伏せる。

「それじゃあ、あたしたちが喜八さんの分までお祈りしてくるわね」

「ああ、よろしく頼むよ」

おしんの申し出に、喜八は調子よく答えた。すると、

「喜八さん、あたしたちの誘いを断って、他の誰かと一緒に茅の輪くぐりに行ったりしないわよね」

梢が伏せた目を上げ、真剣な面持ちで尋ねてきた。

「え、だから俺は店があるし、たぶん、ないと思うけど……」

「たぶんないって、どういうこと？　これから誰かに誘われたら、行くこともあるのかしら」

「え、そういうことじゃ……」

これまで見たこともない梢の剣幕に、思わずたじたじになる。

「そんなこと、あるわけないじゃありませんか、お嬢さん方」

気がつくと、傍らに弥助がいた。

「若旦那は人気者ですからね。一緒に出かけたいという娘さんも、それはそれは大勢います。でも、その誰かと出かければ、他の人を傷つけることになる。だから、若旦那も本当はお嬢さん方と行きたいけれど、あえてお断りしたわけです。そこのところを、分かって

いただけないでしょうか」

滑らかに語り続ける弥助の整った横顔を、喜八はぽかんと見つめていた。気づけば、おしんと梢たちも同じような目をしている。

「そう……よね。喜八さんが人気者なのは分かっていたことだし」

梢は己を納得させるように呟く。

「大丈夫ですよ、梢さん。若旦那のことは、この俺がちゃんと見張ってますから」

弥助が自信たっぷりに請け合った。

「それじゃあ、お願いね。喜八さんがどこかの女と一緒に出かけるなんて、あたし、どうしても受け容れられないから」

梢の言葉に、喜八は少したじろいだが、弥助はにこにこしながらうなずいている。

「それじゃ、御膳が出来上がるまでごゆっくり」

それを機に、喜八と弥助は二人の席を離れた。喜八は客の用がないのを幸い、弥助を調理場まで引っ張っていく。

「何であんな約束を勝手にするんだ」

「いけませんでしたか。それとも、若はどこかの娘さんと二人で出かけるお約束でも？」

弥助の瞬き一つしない切れ長の目が、どことなく先ほどの恨めしげな梢の目と重なって見える。

「そんなことあるわけないだろ」

「だったら、これから誘われてもすべて断ってください。いいですね、すべてですよ」

「そりゃあ、別にかまわないけど」

「角が立つような時は、俺が間に入りますから」

どことなく納得のいかない気がしなくもなかったが、「……分かった」と言うしかなかった。

「お前の方はどうなんだよ。誘われた時、ちゃんと断れるのか」

何となく言い返したい気分で、喜八は問う。

「まったく問題ありません」

涼しい顔で弥助は答えた。

その後、最初の夏越御膳が出来上がり、おしんと梢のもとへ喜八が運んだ。

「まあ、喜八さんの言っていた通り、冬瓜の丸煮、すごく美味しそう」

「見て。とろりとしたお出汁の下に、冬瓜の柔らかそうな実が見えるわ」

おしんと梢は先ほどのことも忘れた様子で、冬瓜の丸煮に見入っている。

「この匙で冬瓜の実をすくって、出汁と一緒にどうぞ。出汁だけでも美味いけど、実と一緒に食べるのはそれ以上の美味しさなんだ」

喜八が勧めると、二人はうなずき、それぞれ匙を使って冬瓜の丸煮を食べ始めた。出汁の味わい、とろみの食感と冬瓜の果肉が舌の上で溶け合う感触を味わっているようだ。

「美味しいわ」

「本当、御膳にしてよかった」

二人が満足そうに匙を使い始めたのを見届け、喜八は静かに二人の席を離れた。

その時、三人連れの客が新たに店へ入ってくるのが見えた。

芝居好きのご隠居の岩蔵と、前に母娘で来ていた娘のおたけ、それにもう一人は喜八の見知らぬ少女であった。

三

弥助が席に案内した岩蔵たちのもとへ行き、喜八も「いらっしゃい」と挨拶した。喜八の思惑を察した弥助は後を任せ、すぐに調理場へ水を取りに向かった。

「岩蔵さん、雨の日以来ですね。お健やかでしたか」

「ああ、そうだったかね」

にこやかに言う岩蔵は先日とは打って変わり、ずいぶん機嫌がよさそうだ。

「実はね、孫娘のお春が来てくれたんだよ」

と、岩蔵は隣に座った少女を引き合わせた。

「こちらがお孫さんだったのですか。秋になったら来るというお話でしたが……」

「そうなんだよ。事情が変わってね」

聞けば、お春は狭山(さやま)育ちだという。父親――つまり岩蔵の倅(せがれ)の銀蔵(ぎんぞう)は、そこで茶の仲買人(なかがいにん)をしていた。

秋になったら、母のお絹(きぬ)も含め親子三人で江戸へ来る予定だったが、この夏、お絹が病に臥(ふ)せってしまった。江戸行きは取りやめようかと話していたところ、お絹がお春だけでも江戸へ行かせてやれないかと言い出したそうだ。そこで、銀蔵はお春を連れて久々に江戸の土を踏んだのだが、お春を岩蔵に預けるとすぐに狭山へ引き返したという。

「倅の嫁が病の間は、私がお春を預かろうということになってね。その方が嫁も養生に専念できるだろうから」

と、岩蔵は息子一家のため、一肌脱ぐことにしたらしい。

「そりゃあよかった。息子さんとも仲直りできたんですね」

喜八が安堵(あんど)して言うと、岩蔵は少しきまり悪そうな目つきになり、口を引き結んでしまった。

(仲直り、なんて言っちゃまずかったか)

といって、謝るというのも少しおかしい。すると、

「おっ母さんの具合がよくなったら、お父つぁんが江戸へ連れてきてくれるんです。涼しくなったら、おっ母さんもきっと元気になるわ」

と、お春が屈託のない声で言い出した。

「うむ。両親と離れて寂しいだろうが、お春はよく我慢している」

岩蔵が目を細めてお春を見ながら、喜八に向かって少し誇らしげに言う。

「我慢なんてしていません。おじいさんはよくしてくれるし、おたけちゃんは仲良くしてくれるし、あたし、江戸が大好きになりました」

お春は岩蔵とおたけを交互に見つめ、笑顔を浮かべた。おたけもお春の言葉に嬉しそうにしている。今日は、この三人で山村座の芝居を見に行くところなのだそうだ。

「あれ。『雨降り曾我』はついこの間、御覧になったばかりじゃありませんか」

岩蔵に尋ねると、「近頃は物忘れがひどくなってね。もう話の筋も忘れちまったよ」とおどけた調子で言いながら笑っている。若い娘たち二人は「いやだあ」とつられて笑い出した。

「それじゃあ、今日は何になさいますか」

弥助が水を運んできたのを機に雑談を切り上げ、喜八は岩蔵に尋ねた。

「今日は夏越の祓ですんで、『夏越御膳』というのを一日限りで出しているんです」

喜八が冬瓜の丸煮の美味しさについて力説すると、

「うわあ、美味しそうね」

と、お春は目を輝かせた。

「そうか。それじゃあ、それにしなさい。三つ頼むよ」

岩蔵はろくに品書きを見ようともせず言った。

「でも、おじいさん。夏越御膳って一人前、百文ですって。他のお品に比べると、ちょっとお高いけれど」

お春はしっかり者らしく、壁の品書きの値を見て、岩蔵に教えている。

「なあに、そんなことを気にすることはない」

岩蔵は優しい声で孫娘に告げた。

「おたけちゃんの分も出してくれる？」

お春の言葉に、「あたしはいいの」とおたけが慌てて言う。

「ちゃんと、おっ母さんからお小遣いだってもらってきてるんだから」

「でも、お昼に百文ももらってきてないでしょ」

「それは……。けど、あたしは横の夏越ご飯っていうのを頼むから、気にしないで」

「駄目よ。おたけちゃんが頼まないなら、あたしも頼まない」

そうしたお春とおたけのやり取りを聞き、岩蔵はもう一度「夏越御膳を三人前じゃ」とおもむろに告げた。

「おたけちゃんの分も私が払う。なに、お春と仲良くしてくれるお礼じゃ。気にしないでいい」

岩蔵はおたけに言い、おたけは「ありがとうございます」と申し訳なさそうにうつむいている。

確か岩蔵は吝嗇だと、皆が言っていた。かささぎでも無駄な金の使い方はしなかったし、人に奢るようなこともなかった。

その岩蔵も、お春がからむと、財布の紐が緩んでしまうらしい。

やがて、岩蔵たちの席に、喜八は弥助と共に夏越御膳を運んだ。

「わあ、冬瓜をこんなふうに食べるなんて初めて」

お春ははしゃいだ声で言い、冬瓜がこんなに美味しいなんて知らなかった、さすがに江戸のお店は違う、とさかんに感動していた。

おたけもお春よりは控えめながら、「美味しい」と冬瓜の味わいに目を輝かせていたし、そんな若い二人を見つめる岩蔵も仕合せそうであった。

岩蔵は自分には少し量が多いからと、冬瓜も雑穀ご飯も少しずつ二人の娘たちに分け与え、水無月もぜんぶ二人にやってしまった。

それから、三人は仲良く山村座の方へと向かった。昼の八つ（午後二時）も過ぎ、二回目の興行が始まろうという頃である。かささぎは八つ半（午後三時）頃に昼の休憩を取るのだが、その直前、「まだ食べさせてもらえるか」と走り込んできたのは鬼勘であった。入ってくるなり、鬼勘は注意深い眼差しで品書きを眺め、

「『夏越御膳』はまだあるのか」

と、おもむろに尋ねた。

「ございます」

「何人分ある」

「あと八人分といったところです」

喜八が答えると、鬼勘は腕組みをした。

「私が食べて、残りは七人分か。夕餉を目当てにやって来る客のため、多少は残しておいてやらねばなるまい。三人前も私が注文してよいものか」

独り言の声がなかなか大きく、配下の侍たちに丸聞こえである。

「殿、我々の分はけっこうですので」

配下の者たちは慌てて言う。この場ではそう言うより他にあるまい。

鬼勘は配下の侍たちをまじまじと見据え、

「決して、おぬしらのために使う金を惜しんでいるわけではないぞ」

と、言った。

「もちろん承知しておりますとも」

「私だけ美味いものを食べて、心が痛まぬわけでもない」

「分かっておりまする」

配下たちの必死の言葉を聞き、ようやく鬼勘は夏越御膳一人前を注文した。配下の侍たちには御膳以外で好きなものを好きなだけ注文しろと言っている。侍たちは恐るおそる夏越ご飯とお菜、汁物などを注文した。

昼過ぎの休憩に入る直前だったこともあり、やがて鬼勘たち以外の客はいなくなって、いったんかささぎは暖簾を下ろした。他に客もいないからか、鬼勘は喜八をそばに引き付け、雑談を始めた。

「ところで、おぬしはこれから茅の輪くぐりへ行くのか」

またその話か、といささかげんなりしつつ、喜八は答えた。

「特にそのつもりはありません」

おしんと梢に誘われたのを皮切りに、今日は五回以上同じ誘いを受け、断らねばならなかったのだ。

「いかんな」

喜八の返事に、鬼勘は眉をひそめた。

「茅の輪くぐりは無病息災を願う大事な行事。行かずに体を壊した時、悔やんでも遅い」

「そう言われましても、店を開けているのですから、行くに行けません。俺だけじゃなく、弥助や松次郎だって同じです」

「おぬしたちのような者はこの江戸にいくらでもおる。だが、そういう店では人を選んで代参させる。他の者の分まで茅の輪くぐりをして、店全体の無病息災を願うのだな」

「なるほど」

その理屈には納得できたので、喜八はうなずいた。

「たとえば、おぬしと因縁のある巴屋では、主人が奉公人たちの分まで合わせて代参するのだそうな。奉公人の何人かは主人の供をするらしく、皆が修験者(しゅげんじゃ)の格好で行くらしい。木挽町界隈(かいわい)ではそこそこ評判になっていたが、知らなかったか」

「今初めて聞きました」

巴屋仁右衛門のことは気にかけねばならないのに、つい夏越の祓の献立のことに気を取られ、おろそかになってしまっていた。不覚だったと思いつつも、巴屋がどんな茅の輪くぐりをしようが、喜八には関わりない。特に見に行きたいとも思わなかった。

「中山さまは、巴屋さんの茅の輪くぐりを見に行くおつもりなのですか」

「まあ、ここから遠くない太刀売稲荷(たちうりいなり)だしな。近くに刀を売る店があるところだ。八つ半から七つ刻(どき)（午後四時）というから、足を運んでみるつもりだ」

「でしたら、何か変わったことでもあったら、お知らせください」

一応のつもりで、そう頼んでおくと、

「おぬしも行かぬか」

と、突然、思いがけない言葉が飛んできた。

「え、巴屋さんの茅の輪くぐりを見物しに、ですか」

「見物ではなく、おぬしの茅の輪くぐりのためにだ。茅の輪は巴屋だけのものではない」

「それはそうですが……」

「八つ半から七つといえば、この店も休憩中だろう。いや、むしろ、その時刻を選んでの行動かもしれぬぞ」

鬼勘はけしかけてくる。

「巴屋さんが何のために、あえてうちの休憩中を選ぶのですか」

「おぬしに見せたいのかもしれん」

「まさか」

とは言ったものの、喜八とて、巴屋のやることが気にかかるのは間違いない。

何とも返事をしかねているうちに、鬼勘たちの料理が出来上がった。ちょうど炊き立てのほかほかした雑穀ご飯は三人前、鬼勘には加えて冬瓜の丸煮がある。

「おお、これこれ。町で噂(うわさ)をちらと耳に挟んでな」

鬼勘は顔を綻ばせて言った。

「それで、慌ててうちへ飛び込んでこられたというわけですか」

「もともとここへ寄るつもりではあった。急いだのは休憩前に食べ終えて、おぬしを茅の輪くぐりに連れ出そうと思ってのことだ」

「それは……」

断りの返事をしかけたが、鬼勘はもう喜八の言葉など聞いていない。

「それではいただこう」

匙を手に冬瓜の果肉をすくって口に運び始める。「むむ」と唸るような声を上げつつ、続けて何匙も口に運んでいる。

「これは、何とも妙なる味わいよ。とろりとした食感も絶品じゃ」

彦一にも食べさせてやりたかった、と自分の屋敷に仕える料理人の名を挙げながら、舌鼓を打っている。

満足そうに食べ進める鬼勘の席を離れ、喜八は調理場へと向かった。その際、弥助にも来てくれるよう目配せする。

「どうしたもんかね。鬼勘に茅の輪くぐりに誘われたんだが……」

喜八は巴屋一行の茅の輪くぐりの件も含めて、弥助に語り聞かせた。

「しかし、お客さんから誘われた茅の輪くぐりは、ぜんぶ断らなきゃいけないんだよな」

弥助に確かめると、「いえ」と考え込む様子を見せている。

「おいおい、一人の客だけ贔屓して、言うこと聞いてちゃいけないんだろ」

「それは女人同士の場合、嫉妬するからです。若と茅の輪くぐりに出かけたからって、鬼勘に嫉妬する女の人はいませんよ、たぶん」

「たぶんって何だよ。いるわけないだろ、そんな女」

「だから、大丈夫です。でも、若をたった一人で鬼勘に任せるなんてわけにはいかないので、俺もご一緒させてもらいますよ。今すぐ腹に何か入れて、急げば巴屋の参拝に間に合うでしょう」

弥助はきびきび言った。

「けど、七つまでに帰ってこられるかな」

「太刀売稲荷はすぐそこです。大丈夫だと思いますが、いざとなれば俺一人先に帰って支度しますし」

「そうだなあ」

鬼勘と二人で茅の輪くぐりに行くよりは、弥助も来てくれた方がいい。ただ、巴屋は弥助を引き抜こうとしており、今日も顔を合わせれば、弥助にあれこれちょっかいを出してくるかもしれない。できれば、弥助を巴屋と会わせたくないが……。

「若、急ぎましょう」

早くも雑穀飯を握る松次郎のそばで、弥助は味噌汁と麦湯の用意にかかっている。

「お、おう。分かった」

もうこうなったら覚悟を決めるしかない。鬼勘と連れ立っての外出に、巴屋の主人との対面――今年の夏越の祓は波乱に満ちたものになりそうであった。

四

鬼勘が先頭を行き、その背後を配下の侍二人が守る。喜八と弥助はさらにその後ろに続いた。

さすがに堂々たる佇(たたず)まいの鬼勘が行く先に、人がわらわらと群れていることなどない。誰かにぶつかることもなければ、前を遮(さえぎ)られることもなく、喜八たちは太刀売稲荷社に向かって進んだ。

「今から行く稲荷は伏見から勧請(かんじょう)されたものだそうな。拝めば必ず幸いを授けてくれるという話もあるそうだぞ」

道中、そんなことを鬼勘は教えてくれた。

余所(よそ)から来た巴屋仁右衛門にとって、この辺りに地縁はないはずだ。太刀売稲荷を茅の輪くぐりの社(やしろ)に選んだのも、そうした評判を聞いてのことかもしれない。

やがて、一行は太刀売稲荷社へ到着した。それほど大きな社ではないが、鳥居と拝殿の間に大きな茅の輪が作りつけられている。

人々が鳥居の外まであふれているのは、これから茅の輪くぐりをするために待っている人ばかりでなく、すでに参拝を終えた人たちが見物のために残っているからのようであった。

「あんな格好で茅の輪くぐりをする人、初めて見たわ」

「あれが、正式なものなのかしら」

「巴屋のご一行らしいぜ」

人々の間から漏れる声が喜八の耳にも入ってくる。先を行く鬼勘が振り返って喜八を見た。

——巴屋はもう来ている。行くぞ。

と、その目が言っている。喜八は顔を引き締め、うなずき返した。

「道を空けよ」

鬼勘の配下たちが見物人たちに声をかけると、鳥居から茅の輪までの道がささささっと左右に開いた。鬼勘は悠々とその道を進み、順に配下の者、喜八と弥助がそれに続く。

「ねえ、見て。男前」

「かささぎさんじゃねえか」

「知らねえのか。この前、山村座に出てただろ」

「え、役者さんなの？」

喜八たちを知る人と知らぬ人との会話が飛び交っているようだ。いちいち目を向けることもできないが、

「目立っているようですね」

弥助が小声でささやいてくる。

「まったく、鬼勘のせいだろ」

「いえ、目立っているのはそのせいばかりではないでしょうが」

弥助はそう返してきたが、喜八がそれに応じる前に、鬼勘の足が止まった。見れば、山伏の格好をした男たちが茅の輪をくぐっているところである。それを人々が取り囲み、見物していた。

「殿のおそばへ行け」

鬼勘の配下から声をかけられ、喜八と弥助は前へ押し出された。自然、見物人たちのいちばん前、鬼勘の傍らに喜八が、その隣に弥助が立つ形となる。

「巴屋だ」

鬼勘の声が耳に飛び込んできたが、喜八の目はすでに巴屋の主人仁右衛門に吸い寄せられていた。中背で恰幅(かっぷく)のよい仁右衛門はすでに参拝を終えたらしく、別の者が茅の輪をくぐるのを待ち受けている。山伏の格好をした男たちはぜんぶで五人いたが、その中で、錫(しゃく)

杖を持っているのは仁右衛門だけだ。

その時、ちょうど茅の輪くぐりを終えて、仁右衛門の方に歩いていく男の顔がはっきり見えた。

（あいつは、前にうちにも来た新吉じゃねえか）

仁右衛門の言葉を伝えに来た時、かささぎの茗荷料理に難癖をつけてきた男である。その後、喜八たちが巴屋へ行った時にも、番頭に対して失礼な態度を取っていた。

（そういや、巴屋の番頭さんは来ていないようだな）

山伏の男たちの背格好を確かめながら、喜八はひそかに思った。確か、円之助と名乗っていたか。喜八たちにも丁寧な口ぶりで話してくれる良識ある人物であった。ああいう人が番頭ならば、巴屋もまだ捨てたものではないが、新吉のような男が巴屋では幅を利かせているのだろう。

今日もこうして主人に付き添っているところを見れば、やはり新吉は主人のお気に入りのようだ。

よく見ると、茅の輪の傍らに神職の格好をした男が佇んでいる。

「巴屋はこの参拝に当たり、相当な寄進をしたそうだぞ」

鬼勘が低い声で告げた。なるほど、そういう事情であれば、神職が巴屋の一行に気をつかうのも分からなくはない。

鬼勘の声が聞こえたわけでもないだろうが、その時、仁右衛門が顔を喜八たちの方へ向けた。その表情は少し驚いたふうに見えたが、それも一瞬のことだ。

鬼勘に軽く会釈をした後、仁右衛門の眼差しは喜八へと据えられた。喜八も目をそらさず、仁右衛門を睨み返す。わずかな対峙の後、かすかな笑みを浮かべ、先に目をそらしたのは仁右衛門の方であった。

巴屋一行の茅の輪くぐりが終わったのだ。

神職が仁右衛門の前へ足を運び、二人は挨拶を交わした。神職の方が深く頭を下げている。

その後、神職が見物人たちの方へ向かって、「お次の方、どうぞ茅の輪をおくぐりください」と声をかけた。巴屋一行の茅の輪くぐりの後、すぐに続く者もいなかったが、その声掛けで再び人々が動き出す。

帰路に就く者、乱れた列に並び直す者に分かれ、喜八たちの周りも人がまばらになっていった。だが、喜八も鬼勘も動かなかった。

やがて、神職が拝殿の裏へ立ち去ると、巴屋一行も歩き出した。仁右衛門だけが喜八たちの方へやって来る。

「これは、中山さま。見回り、恐れ入りましてございます。また、その節はお世話になりました」

　仁右衛門はまず鬼勘の前で足を止め、丁寧に挨拶した。

　世話になったというのは、前に巴屋がならず者たちに店前に陣取られるという嫌がらせを受けた際、鬼勘が追捕に当たったことを言うのだろう。弥助を用心棒に引き抜く云々のきっかけになった一件でもある。

「巴屋の主人だな。その格好はなかなか目立っていたぞ」

「恐れ入ります。神社に参拝する者は数も多いでしょうから、神さまに目を留めていただくには、目立つことも入用かと――」

「なるほど、神の目を引こうとの工夫であるか。豪気だな」

「そんなことは……。こうでもしないと、私どもなど神さまの庇護にあずかれまいと、ただただ必死の願いから絞り出した思いつきでございます」

「おぬしらは寄進も相当したそうではないか」

「それも、神さまの庇護を乞うるがゆえでございます」

「ふうむ。信心深いのはまあ、けっこうなことだ」

　やっていることは派手だが、鬼勘の前ではへりくだる姿勢を崩さない。隙をまったく見せない相手の反応に業を煮やしたものか、鬼勘は会話を打ち切った。

　仁右衛門は恭しく頭を下げると、今度は喜八の前にやって来た。

「これは、かささぎの若旦那に弥助さん。奇遇ですな」

喜八に向ける眼差しは鬼勘に向けられていた時よりずっと鋭く、厚かましいものであった。

「巴屋さんの茅の輪くぐりが評判になっていましたのでね。どうせならと拝ませてもらいました」

「おやおや、かささぎの若旦那に見ていただけたとは、ありがたい」

仁右衛門は少し大袈裟（おおげさ）な口ぶりで言う。

「評判になるだけあって、大掛かりなものでしたね」

「なあに、私どものことなど、聞いていたほどでもないと、皆さん、もう忘れていますよ。それよりも、若旦那の姿を見られて目の保養になったと、喜んでいるんじゃありませんかね」

どう返したものかと一瞬戸惑っていたら、

「まあ、この者たちは半分、役者のようなものだからな」

と、鬼勘が口を挟んできた。鬼勘に対しては、仁右衛門は何も言い返さず、

「かささぎさんも、これから茅の輪くぐりをなさっていくんでしょうな」

と、話を変えた。

「そりゃあ、夏越の祓に来たのですから」

「して、寄進はいかほど」

突然の問いかけに、喜八はきょとんとする。

「寄進って、これからお賽銭を投げるくらいですよ」

「ほほう、そうでしたか。うちは十両ばかり寄進させていただきましたが、これでも奉公人全員の無病息災を叶えていただけるかと心配でたまりませんのに」

ただ自慢がしたいだけか、と無言を通していると、

「しかし、まあ、若旦那の器量なら、お賽銭などなくとも、神さまの目を引くでしょう。いやいや、うらやましい限りというものです」

仁右衛門はわざとらしく声を上げて笑い出した。腹は立つが、言い返したところで甲斐はない。なおも無視していると、仁右衛門はそれで話を切り上げ、鬼勘には丁寧に頭を下げて、奉公人たちのもとへ戻っていった。

「では、我々も茅の輪くぐりをするとしようか」

鬼勘が人々の列の後ろへ回ろうとすると、何と、並んでいた人々がささあっと左右へ割れていく。

「ここは道を空けずともよい。並んでいたのであろう」

鬼勘が閉口して人々に言う。

「いえいえ、お役人さま」

その中にいた六十にもなろうかという男が口を開いた。

「ここにいるのは、女子供や老人ばかり。私ら暇なもんがお忙しい方に先をお譲りするのは筋というものです」

周りの人々の顔を見れば、老人の言葉に納得しているようである。別段、鬼勘の外面に脅えて、順番を譲ったということではないらしい。

「さあさ。お付きのお兄さんたちもお先にどうぞ」

老人が喜八と弥助にも鬼勘たちに続くよう勧めた。

「いや、俺たちはお付きじゃないんだけど」

と、言い返しても、喜八と弥助は前の方へ押し出されてしまう。

「それならば、皆の親切に甘えさせてもらおう。おぬしらも忙しい身であることに変わりはあるまい」

鬼勘からもそう言われたので、今茅の輪くぐりをしている親子連れのすぐ後、鬼勘、配下の侍たち、喜八たちの順で、茅の輪くぐりをさせてもらうことになった。

「おぬしらは茅の輪くぐりのやり方を知っておるのか」

鬼勘が、知らぬのならば教えてやろうという勢いで訊いてくる。

「忘れていましたけれど、さっき見ているうちに思い出しましたよ。左回り、右回り、左回りの順ですよね」

「茅の輪をくぐる時に唱える詞(ことば)は知っておるのか」

鬼勘がさらに訊いてくる。そう言えばそんなものがあったと記憶を探っているうちに、

「祓えたまえ、清めたまえ、守りたまえ、幸（さきわ）えたまえ、です」

と、弥助が答えてしまった。

「ほう。知っておったか」

いささか口惜（くや）しそうに、鬼勘が呟く。

「失礼ですが」

と、その時、後ろに回った先ほどの老人が声をかけてきた。

「お兄さんの唱え方でもかまいませんが、ここの社では和歌を唱えることもしております」

神社によって、あるいは地域によって、さまざまな形があるということだった。

「それは、『水無月の夏越の祓する人は千歳（ちとせ）の齢延（よはひの）ぶといふなり』のことか」

鬼勘がさらさらと言い、老人が「まさにそれでございます」と破顔する。「そうか、そうか」と鬼勘は得意そうであった。

「無病息災を祈るのであれば『祓えたまえ』と唱え、長寿を願われるのなら和歌を唱えて回られるのがよいでしょう」

そんな老人の勧めを受け、一行は順番が回ってくると、それぞれ茅の輪くぐりをした。

喜八は松次郎や百助、鉄五郎たちの顔を思い浮かべつつ、「祓えたまえ、清めたまえ、守

りたまえ、幸えたまえ」と唱えながら、茅の輪を三度、作法通りにくぐった。

終わった後、弥助にどちらを唱えたのか訊くと、喜八の無病息災を願いつつ「祓えたまえ」と唱えたという。

「お前、自分のことは願わなかったのかよ」

驚いて訊(き)いたが、「はい」と澄ましている。弥助は一緒に来ているからと思い、神さまにお願いする人々の中から除いてしまったというのに……。

(すみません、神さま。弥助のこともお守りください)

仕方がないので、その場で拝殿に手を合わせた。

目を開けると、拝殿から少し離れたところに楓(かえで)の木が生えており、その木陰に武家の奥方か奥女中らしい女人とそのお付きの女が立っていた。

(そういえば、ずっとあの辺りに立っていたな)

茅の輪くぐりをする前に気づいたが、お武家の女人とはめずらしいなと思っただけで、茅の輪くぐりをしている間は忘れてしまっていた。

「なあ、あそこの奥方、いつ頃からあそこにいるんだ」

喜八は弥助を突(つつ)いて訊いた。

「巴屋の主人が若に話しかけてきた時にはあそこにいましたけど、その前は分かりませんね」

と、弥助は言う。

「なら、巴屋の茅の輪くぐりの頃にはいたんだろうな。巴屋の常連さんかね」

しかし、それならば巴屋と一緒に帰ったであろうし、その後もずっと残っている理由が分からない。もしや鬼勘の知り合いかと思って、鬼勘に目を向けると、鬼勘も奥方の方を見つめていた。

「中山さまのお知り合いですか」

喜八が声をかけると、鬼勘はいつになくはっとした表情になり、女人から目をそらした。

「いや、知り合いかと思ったが、そうではなかったようだ」

まるでごまかすかのように言い、喜八からも目をそらす。女人の齢は三十代後半といったところか。鬼勘とさほど変わらないように見える。

もしや過去に何かあった女人なのかと勘繰りたくなるが、現在は関わりがなさそうなので、あまり下手なことを言わぬ方がいいだろう。

「おきれいな方ですね」

弥助が不意に思いがけないことを言い出した。喜八は驚いて弥助の顔をまじまじと見つめる。

「お前が女の人の見た目を褒めるの、初めて聞いたよ」

「そうですか」

弥助はなおも女人に目を向けたまま呟く。喜八も改めて女人を見つめた。

上品な顔立ちが優美で、裾(すそ)の方にだけ菊の花を散らした薄紫の小袖(こそで)がよく似合っている。

（まあ、叔母さんとは少し趣が違うが、確かにきれいな人だよな）

美人と言われることの多い叔母おもんの顔を思い浮かべながら、喜八はこっそり胸に呟く。弥助はああいう上品な女が好みだったのかと、新たな発見をした気分であった。

五

鬼勘たちとは太刀売稲荷社で別れ、喜八と弥助は急ぎかささぎへ戻った。到着してから間もなく、七つの鐘が鳴り始めたので、それに合わせて暖簾を掲げる。

すぐに客でいっぱいになることはないが、芝居が終わる頃になると、帰りがけの人が立ち寄り始め、徐々に喜八たちも忙しくなってきた。

「夏越御膳は残りわずかですよ。今日限りの特別なお膳を、どうぞ召し上がれ」

通りを行く人々に、喜八は声をかけた。その中には、岩蔵とお春、おたけの姿もあった。お春とおたけは見たばかりの芝居について語り合っているのか、話に夢中という様子で、岩蔵はそんな若い娘たちをにこにこしながら見守っている。

前を通る時、岩蔵は店の中にちらと目を向けたものの、混んでいるのを見て、

「またにするよ」

と、言った。

「さっきは美味しい夏越御膳をごちそうさま」

お春とおたけは喜八に声をかけ、再び賑やかなおしゃべりに戻っていく。

「お越しをお待ちしています」

喜八は三人を見送り、次の客を案内するのを機に呼び込みはやめ、店の中の仕事に回った。忙しく過ごしているうちに、やがて暮れ六つ（午後六時）も近くなる。その少し前、久しぶりに東儀左衛門が六之助と一緒に現れた。

「これは、東先生。お越しくださり、ありがとうございます。お忙しかったそうで」

「うむ。昨日まで堺町の芝居小屋に詰めていたのでな。しかし、ようやく体が空いた」

この日は生憎、儀左衛門の定席である「い」の席が埋まっていたので、隣の「に」の席へ案内し、空き次第、「い」の席へ移れるよう手配すると約束した。

「ふむふむ。それでええ」

儀左衛門は機嫌がよさそうである。

「ところで、夏越御膳はまだあるのやろな」

「はい。あと三人前で終わりですが、間に合ってよかったです」

献立の相談に乗ってくれた六之助の分は取り分けておこうと話していたが、儀左衛門については近頃ご無沙汰だったので、そこまで配慮していなかった。儀左衛門にも何とか夏越御膳を供することができ、喜八もほっとする。

「ほな、あてら二人に夏越御膳や」

儀左衛門は当たり前のように注文したが、その後、「あと三人前ということは残り一つか」と考え込む様子で呟いた。

「どうかしましたか」

「いや。これから、おあさも来ることになっとってな」

「おあささんが来るなら、おくめちゃんも一緒ですよね」

儀左衛門は二人にも食べさせてやりたいと思うのだろうが、残り一つとなると、頼みにくくなってしまうかもしれない。

「まあ、こういうものは早いもん勝ちや。ひとまずは二人分を頼みますで」

と、儀左衛門は吹っ切るように言う。

「あ、それから、先生のためにお酒も頼みます」

と、六之助がすかさず気の利いたところを見せた。

儀左衛門に冷酒を、六之助に冷ました麦湯を供して少しすると、「い」の席の客が帰っていったので、それを片付け、二人に席を移ってもらう。それが終わった頃、ちょうど折よくおあさとおくめが現れた。

「二人で茅の輪くぐりをしてきたの。思いがけず混んでいて遅くなっちゃったわ」

おあさは「に」の席に座りながら、喜八や儀左衛門たちに言った。

「へえ、茅の輪くぐりをね。俺も昼の休憩の時に弥助と行ってきたよ」

という話を交わしていたら、

「今日限りの夏越御膳はもう一人前しかないそうや」

と、儀左衛門が口を挟んできた。

「え、一人前？」

おあさは壁の品書きへ目をやったが、よく見えぬようで、身を乗り出している。

「お嬢さん、あそこに夏越御膳ってあります。今日一日限りの献立で、雑穀飯の夏越ご飯と冬瓜の丸煮、水無月の三種一そろえですって」

と、品書きを読んだおくめは続けて「ええっ」と驚きの声を放つ。

「百文もするんですか」

と、おくめは喜八に目を向けた。

「何を言うのよ、おくめ」

喜八が返事をするより早く、おあさが口を開いた。

「ここのお店の特別なお料理なら、そのくらいして当たり前だわ。喜八さんと松次郎さんがそれだけ自信を持って、お出しするお料理なんでしょ」

かささぎの料理に対するおあさの信頼を嬉しく思いつつ、喜八はうなずいた。

「まあ、そうなんだけど、夏越の祓の特別な献立ってことで。ただ、数にも限りがあるんだよ」

「お嬢さん、あそこに二十人限りって貼り紙があります」

おくめが品書きの壁を示して告げた。

「そうだったのね」

おあさは残念そうに呟く。

「お嬢さん、召し上がりたいなら、お頼みになってください。あたしは別のものにいたしますから」

おくめが遠慮がちに言う。

「駄目よ。あたしだけが食べるなんて」

おあさはすぐに言ったが、おくめは首を横に振る。

「でも、あたしは百文もするお料理なんて、とても」

「何を言ってるのよ。好き嫌いは別として、美味しいものはいつも一緒に食べてきたじゃない？」

「それは、ありがたいことと思っています。でも、あたしは使用人ですし、そもそも同じように扱っていただけるのがもったいないお話なんですから」

おくめはますます申し訳なさそうに言い、おあさはおあさで、自分一人だけ特別な献立を頼むことはできないと意地を張る。

「なら、夏越御膳を一つ頼んで、他に夏越ご飯と水無月を一人前頼むのはどうかな」

喜八は二人に案を出した。

「夏越ご飯と水無月はまだまだ出すことができるからさ。冬瓜の丸煮は二人で半分ずつ食べたらいい。他にお好みでお菜を付ければ、物足りないことはないと思うよ」

喜八の言葉に、おあさとおくめは顔を見合わせ、ぱっと明るく微笑んだ。

「それにするわ」

と、話がまとまり、それから二人で別のお菜を選び始めた。おあさは玉子と豆腐を蒸したふわふわ豆腐を、おくめは味噌田楽をそれぞれ注文し、互いに満足したようである。

それから、しばらくして先に儀左衛門と六之助の膳が調い、喜八と弥助で二人のもとへ夏越御膳を運んだ。

「おお、これが冬瓜の丸煮やな」

儀左衛門は感嘆の声を上げ、

「前のお話し合いの後、御膳に加わったのがこの冬瓜料理だったのですね」

と、六之助も目を輝かせている。

半分に切った冬瓜をそのまま用い、くり貫いた部分に注いだ出汁が器にまであふれ返っている見た目に、まずは満足してもらえたようである。

「こちらの匙で……」

と、喜八が説明するまでもなく、二人ともすぐに匙を手に、冬瓜の果肉をすくい始めた。

「これはええ。出汁がよう染みて、ふくよかな味になっとる」

「それに、このとろとろした感じ。いやあ、冬瓜がこんなふうに食べられるとは知りませんでした」

二人が感想を言い合いつつ、匙を動かし続けるのを、おあさとおくめは隣の席からじっと見つめていた。

「ああ、もどかしいわね」

「もうちょっとの辛抱ですよ、お嬢さん」

互いに声を掛け合っている。

それからしばらくして、四人を除く客が帰っていったので、

「今日はこれで店じまいとするか」

喜八と弥助は相談し、暖簾を下ろしに外へ出た。すると、ちょうどこちらへ向かって人が走ってくる。

「あ、店じまいですかい？」

鉄五郎であった。

「そうだが、お前は馴染みなんだから、入って何か食っていけ。ちょうど六之助さんも来ているからさ」

喜八が誘うと、「ありがとうさんです」と鉄五郎は直立して頭を下げる。

「ああ、ちょいとご無沙汰だった東先生もいらしているから、挨拶していきな」

「それはよかった」

鉄五郎は店の中へ入り、奥に座っている儀左衛門のところへ直行した。

「これは、東先生。六之助の奴がいつもお世話になっておりやす」

儀左衛門の前でも深々と頭を下げている。

「ああ、あんたは六之助の兄はんやったな。名前は……」

そこまで言うと、儀左衛門は冬瓜をぱくっと口に運ぶ。

「へえ、鉄五郎でございやす」

「ああ、せやった」

と、儀左衛門はまたぱくり。

「ほな、ここに座るとええ」

という儀左衛門の許しを得て、鉄五郎は六之助の隣に座ることになった。

「兄さん、残念でしたね。夏越御膳はもうないんですよ」

六之助が眉を下げ、鉄五郎に言う。

「いや、あっしは余所のお客さんと飯を取り合うような真似は……」

かささぎの商いの邪魔になってはいけないと思うのか、鉄五郎は神妙なことを口にした。

「けどねえ、兄さん。これは絶品。まあ、よければ、一口食べてごらんなさい」

などと六之助が言っているうちに、事情を察した弥助が取り皿と匙を持っていく。そこで、鉄五郎の注文は弥助に任せ、喜八はちょうど出来上がったおあさとおくめの料理を隣の席へ運んだ。

「冬瓜の丸煮の皿は、二つに分けることもできたんだけど、包丁を入れるとお椀の形じゃなくなっちゃうからさ。この取り皿に自分で取って食べてよ」

それぞれに取り皿と匙を渡し、丸煮の皿は真ん中に置く。

「あったかいうちに、冬瓜から食べましょ」

おあさが匙を手にすると、おくめは冬瓜の皿を押さえた。「それじゃあ、おくめの分を取り分けてあげる」と、おあさはおくめの取り皿を先に手に持ち、冬瓜をすくい始めた。

ひとまず取り終えると、二人そろって「いただきます」と食べ始める。

「本当に、お父つぁんの言うように、ふくよかなお味だわ」

「冬瓜からじわっと出汁が出てきます」

二人の少女たちの輝くような笑顔を見ると、喜八は疲れも吹き飛び、ひどく満ち足りた心地がした。

「夏越御膳は好評だったし、今日は大成功だな」

傍らに立つ弥助に言うと、「はい。次は七夕の膳を考えませんと」ともう次のことを考え始めているようだ。

「そうだな」

鉄五郎の注文の品がそろえば、客向けの仕事も終わりとなる。

「せっかく東先生が来てくださったんだし、今日は俺たちもこっちでいただくか」

「はい。冬瓜はありませんが、夏越ご飯はちゃんと俺たちの分もあるはずなので」

そう言い合いながら調理場へ戻ると、ちょうど鉄五郎の注文した夏越ご飯と飛竜頭、茄子の焼き物が出来上がったところであった。

六

一通りの食事が終わると、一同は松次郎の淹れてくれた茶を飲みながら水無月を食べた。

「いやあ、最後にこうして、甘いものをいただくのもいいですなあ」

美味そうに菓子を口へ運んでいる六之助に、

「ところで、あんた。台帳書きの方はどないなってるのや」

と、儀左衛門が訊いた。儀左衛門はすでに水無月も食べ終わり、後から頼んだ茗荷（みょうが）の甘酢漬けをつまみつつ、酒を飲み続けている。

「それが……」

六之助の表情がたちまち曇りを帯びた。

「お前、うまくいってないのかい？」

傍らの鉄五郎が案じるように、六之助の顔をのぞき込む。

「何を書くかは決まっているのです。それで、少し書き始めてもいるのですが……」

六之助は最後に一口だけ残っていた水無月を食べるのもやめ、うつむいた。

「ふんふん。それで、あんたは何を書くことにしたんや」

「駿河台に暮らすご隠居が若い娘に騙されて、金を取られたという事件を扱いたいと思っておりまして」

「ああ、あれは面白そうや。目の付け所はええ」

儀左衛門の後押しをもらい、六之助はほっとした様子で顔を上げる。

「ほんで、何に悩んでるのや」

「……はい。それは事件をそのまま芝居にはできませんので、別の話を加えて、生まれ変わらせたいと思うのですが……」

「せやせや。あてがさんざん手本を見せてきたやろ」

「はい。おっしゃる通りです！」

六之助は身を乗り出し、力のこもった声で言った。

「ただし、先生があまりにすらすらとお仕事をなさるので、傍で見ている時はその大変さがまったく分かっていませんでした。その……大変厚かましい考え方ですが、先生のようにとまではいかなくとも、その真似事くらいはできると考えていたんです。しかし、いざ、自分で台帳を書き始めてみますと、先生の真似事すら、とてもできないことに気づかされました」

最後の方は悲痛な声になっている。その場にいた者たちは儀左衛門以外、誰も口を挟むことができなかった。

「あんなあ」

儀左衛門は大したことではないという様子で、盃を手に言う。

「あんたは真面目やさかいな。いざ書き始めたら、頭を抱えるのは目に見えとった。せやさかい、あんたに書かせる時期は、よう考えて見定めたつもりや。このあてが書いてみいと言ったということは、あんたは書けるということや」

「先生……」

「ええか。あんたは難しく考えすぎなんや。そこの水無月を見てみい。外郎の菓子やのに、誰も外郎とは呼ばん。外郎との違いは小豆を載せて固めたというだけや。それでもう水無月という別の菓子になってしもた。たとえて言うなら、外郎は事件、小豆は新しく取り込む何かや」

「なるほど。外郎と小豆が一緒になって、お芝居の筋になるというわけですな」

横から鉄五郎が感心した様子で口を挟んだ。

「せや。ほな、何をもって小豆としたらええのか。あんたは小豆が見つからんと言うて、困っとる。せやけど、小豆なんてどこにでもある」

「どこにでも……？」

疑わしげな口ぶりで、六之助が呟いた。

「自分で見つけられんというなら、あてが決めたる。それに従って台帳を書き。せやなあ」

儀左衛門が目を遊ばし、店の中のあちこちを眺め始めた。

「せ、先生。小豆なら調理場の方なんじゃ……」

鉄五郎がとんちんかんなことを言い出した。

「何言ってんだよ、鉄つぁん。先生が探してるのは本物の小豆じゃなくて、六之助さんが書く筋書きに付け加える人情話や面白おかしい話のことだろ」

喜八が笑いながら言うと、儀左衛門の目がひたと鉄五郎に据えられた。

「どうなすったんで、先生？」

「これや」

と、儀左衛門が勢いよく空になった盃を置いた。

「ええか、六之助。あんたの書く芝居には兄弟の情を入れるのや」

儀左衛門の目はいつしか六之助へと向けられていた。

「兄弟ですか？」

六之助は鉄五郎と互いに目を見交わしている。

「あのう、先生。私が手掛ける事件に兄弟は出てきません。それに、騙り(かた)を行ったのは女ということですが」

「そないなもん、犯人を男にすればええだけやろ。どうしても女にしたいのなら、姉と弟、兄と妹の話にしてもかまわん。そこはあんたの書きたいようにすればええ」

儀左衛門は勢いよく答えた。それを聞くや、六之助の目に力が戻ってきたようである。

儀左衛門はなおも考えの赴くまま、独り言のようにしゃべり続けた。

「どっちにしても、兄弟の人情がにじみ出る話ってことやな。それを、客がよく知る兄弟の話に仕立てられれば、なおええ。兄弟といえば、曾我兄弟やけど、山村座では『雨降り曾我』がかかってたばかりやしなあ」

儀左衛門は両腕を組んで考え込み始めた。

「ほな、能の『春栄(しゅんねい)』を素材にするのはどうや。あれも兄弟の話やさかい」

不意に儀左衛門が大きな声で言った。

「なるほど、『春栄』ならばよく知っております。源平の合戦が行われていた頃、敵につかまった弟に、兄が面会を申し入れるも、弟は兄を庇って、決して兄とは認めない。その後、弟が斬首されることが決まると、今度は兄が身代わりを名乗り出る。兄弟の情が美しく描かれたお話です」

六之助は最後には明るい声になって言った。

「お前、ちゃんとやれそうなのか」

鉄五郎が心配そうに尋ねる。

「ええ、兄さん。先生に手がかりをいただいて、何だか書けそうな気がしてきました」

六之助は気力を取り戻した様子で言い、最後に残っていた水無月の一切れを勢いよく口に入れた。

「水無月がまだ残っていますが、もう一ついかがでしょう」

松次郎が気を利かせて言い、六之助は「いただきます」と元気よく言った。おあさとおくめも食べたいと言うので、松次郎は三人分の水無月を用意するために席を立ち、弥助もその手伝いに立ち上がった。

「ところで、東先生。俺の方も先生のお知恵をお借りしたいことがあるんですが」

喜八は儀左衛門に話しかけた。

「間もなく七夕の節句ですが、この日もそれに合わせた一日限りの献立を出したいんです。

七夕といえばこれ、という食べ物を教えてもらえませんか」

「七夕といえば、そうめんやろが……」

儀左衛門が呟き、他の者たちも思い思いにうなずいている。

「そうめんならば、いつも出している品ですから、他に何かあればと思うのですが」

喜八がそう言った時、松次郎が三人分の水無月を、弥助が茶を持って現れた。

「昔は、七月七日に索餅を食べていたと聞いたこともありますが」

と、弥助が言う。

「せやせや。そうめんの元とも言われる菓子やな。今はあまり食べられへんけど、米や小麦の粉を練り、縄のようによじって揚げた唐菓子と呼ばれる類のもんや」

儀左衛門は続けて、索餅が生まれたそもそもの由来を語り始めた。

ある年の七月七日、帝の子供が亡くなるのだが、その後、疫病が流行り始める。そこで、帝の子供が好きだった索餅を供えて疫病を鎮めてくれるよう祈願したことから、七月七日に索餅を食べる風習が生まれたという。

「それなら、当日はそうめんとは別に、その索餅を出すっていうのも、一つの手か」

喜八が呟くと、

「しかし、昔の風習を持ち出しても、今の人たちはそれほど食べたがらないかもしれません」

と、弥助が言った。

「確かに、索餅なんてあまり知らないだろうしな」

「六之助やないけど、あまり難しゅう考えんと、そうめんに添える薬味を工夫して、目新しい、いかにも美味そうやと感じられる名を付けるだけでもええのやないか」

儀左衛門が気軽な口ぶりで言い出した。それを受け、

「今の薬味といえば、茗荷と大葉、それに生姜(しょうが)がそろそろ出回ってくる頃ですが」

と、松次郎が言う。

「ほな、兄(せ)の香(か)の生姜と妹(め)の香(か)の茗荷を一緒につけて、『薫(かおる)そうめん』とでも名付けたらどないや」

儀左衛門の言葉に、

「『薫そうめん』ですか。そりゃあいい響きだ」

と、喜八は言い、弥助と顔を見合わせ、うなずき合った。

「江戸っ子は初物好きだからな。生姜の初物って売り出せば、お客さん、飛びつくんじゃないか」

喜八の期待はさらにふくらむ。

「ま、生姜があんまり高う付くなら、多くは出せへんやろけどな」

儀左衛門からは懸念も示されたが、「それはそれでよいでしょう」と弥助は落ち着いて

言う。

「初物で品薄なら、ふつうのそうめんより高い値がついても注文する人がいるでしょう。今日の夏越御前のように、数を決めて売ればよいのでは？」

まずは七月七日に生姜を仕入れられるかどうか、八百屋や棒手振（ぼてふ）りに当たってみるということで、この日の話はまとまったのであった。

第三幕　兄の香、妹の香

一

またにするよ——と言って、店前を歩き去った岩蔵が再び現れたのは、七月二日の夕方であった。この日は、一人で店の中へ飛び込んでくるなり、

「おけいがいなくなった」

と、突然叫んだ。

「どうしたんです、岩蔵さん」

喜八は弥助と共に岩蔵のそばへ駆け寄った。「今日はお一人で？」と尋ねても、

「おけいはどこだ」

と、血走った目を向けてくる。おけいとは誰かと問うと、「私の孫娘だ」と躊躇のない

答えが返ってきた。

「何を言うんです。岩蔵さんのお孫さんはお春さんでしょう」

「おはる……」

岩蔵の目が揺れ、不安げにさまよい出した。

「そうだよ、岩蔵さん」

店の中にいた男客の一人が、岩蔵に声をかけた。

「おけいさんは岩蔵さんのおかみさんだろ。亡くなってもう十五年くらいになるじゃないか」

「いいや」

岩蔵は男客の方に目を向け、

「女房はまだ生きている」

と、きっぱり言った。

「ありゃりゃ、いったいどうしたってんだ。岩蔵さんが物忘れだなんて、聞いたことねえのに」

話しかけた男が首をすくめる。

喜八は弥助と顔を見合わせた。

「この様子じゃ、一人で帰すわけにはいかないよな」

とりあえず同居しているお春を呼んでくるのがいいだろうと、話がまとまった。

「俺が行ってきましょう」

と、弥助が言ったが、

「お兄さんたちは店があるだろ。丸屋町（まるやちょう）のお宅なら分かるから、俺がひとっ走り行ってきてやるよ」

と、岩蔵に話しかけた男客が申し出てくれた。ところが、その相談をするより先に、

「すみません！」

と、少女が店に飛び込んできた。戸口で息を弾ませているのは、当のお春である。

「おじいさんっ！」

お春はすぐに岩蔵の姿に気づき、足をもつらせながら駆け寄った。

「急に姿が見えなくなったから、心配したのよ」

岩蔵はお春に袖（そで）をつかまれ、引っ張られるように振り返る。

「あたし、お春よ。分かる？」

お春は岩蔵の目を見ながら、真剣に尋ねた。岩蔵はぼんやりした目を向けているだけで、返事をしない。だが、少し長すぎるくらいの間（ま）があってから、

「ああ、そうだ」

と、気の抜けたような声が漏（も）れた。

「おじいさん、あたしが分かるのね」

「ああ、分かるとも。お春じゃないか」

岩蔵はまじまじとお春を見つめながら言った。声にも眼差(まなざ)しにも力が戻り、様子も落ち着いている。

「よかったな、岩蔵さん。お春さんが迎えに来てくれて」

喜八は安堵(あんど)の息を漏らし、ちょうど岩蔵の家へお春を呼びに行く算段をしていたのだと、お春に告げた。お春が恐縮した様子で、何か言いたそうな目をしていたので、二人で岩蔵から少し距離を取る。

「申し訳ありません。おじいさん、時々、物忘れになってしまうんです」

お春は小声で言った。

「岩蔵さんが物忘れだって話は、これまで聞いたことがなかったけど、おうちではいつもこうなのかい？」

「いつもではないんですが、時々、昔のことと今のことが一緒になっちゃうみたい」

「さっきも、おけいさんはどこだって言ってたんだよ」

「それは、おばあさんの名前です。あたしは会ったことないんですけど」

お春は小さく溜息(ためいき)を吐(つ)く。

「一人で大丈夫かい？」

喜八が尋ねると、お春は無理に笑顔を作り、「はい」と答えた。

「狭山から一緒に来たおそねもいるし、おっ母さんの具合がよくなれば、お父つぁんと二人でこっちに来てくれるから」

おそねとは狭山の家で働いていた女中で、今もお春に付き添っているのだという。お春が一人で岩蔵の面倒を見ているわけでないと分かり、喜八はほっとした。

二人が小声で話している間、先ほどの男客が「岩蔵さん」と声をかけていた。

「おけいさんのこと、分かるかい？」

「おけいは私の女房だ。十六年前に亡くなった」

岩蔵は、何を言ってるんだとばかりに答えている。問題はなさそうだ。

「ご心配をおかけしました。おじいさんが元気な時、また寄らせてもらいます」

お春は喜八やその場の客たちに頭を下げ、岩蔵の腕を取った。岩蔵はにこにこしながら、お春に腕を預けている。

「何か困ったことがあったら、うちにも知らせてくれよ。相談に乗るからさ」

喜八はお春に小声で言い、二人を外まで見送った。店へ戻ると、客たちがざわざわしていた。

「お孫さんが来て、気が抜けちまったのかねえ」

「けど、それまで何ともなかった人が、急にあんなふうになるもんかい？」

「どうしちゃったんだろうねえ。年のわりにしっかりしてたのに」

客たちはしばらくの間、かしましく岩蔵の話をしていたが、やがて誰かが「そういや、七月の芝居は何だっけ」と言い出すと、「七夕の機織り（はたお）にちなんだ『呉織（くれはとり）と漢織（あやはとり）』だよ」と答える者がいた。それから話は芝居の中身へ移ってしまい、その後はもう岩蔵が話題に上ることはなかった。

翌日の七月三日、鬼勘が現れた。この日はあまり暇がないと言い、「そうめんを三人前、なるべく早く頼む」と配下の分も含めて注文したのだが、その後、

「おぬしに訊（き）きたいことがある」

と、厳しい顔つきで、喜八に言い出した。

「丸屋町に暮らす岩蔵という隠居は、ここの常連だな」

「そうですね。何度かいらしてくださいましたし、昨日も来ましたよ」

「その話を、ちと耳に挟んでな」

と、鬼勘は言う。

「それって、岩蔵さんが亡くなったおかみさんを探していたって話ですか」

鬼勘の耳の早さには本当に恐れ入る。

「さよう。だが、たまたま聞いたのではない。もともとあの老人には注意を払っていた」

「どういうことです」

「岩蔵のもとに近頃、孫娘がやって来たそうではないか。それも、今まで顔を合わせたことがなかった孫娘が――」

鬼勘の口を通して聞くと、まるでお春が岩蔵を騙している悪者のようだ。

「でも、倅さんが連れてきたんですよ。おかみさんが病に臥せったとかで、倅さんはお春さんを岩蔵さんに預けると、すぐ引き返したそうですが」

「その倅本人が岩蔵に孫娘を託したのか？」

「えっ……」

思いがけない問いかけに、喜八は言葉を詰まらせた。そこまでくわしいことは聞いていないが、それ以外に考えようがない。喜八の複雑な心境をいちはやく察したものか、

「別に、岩蔵の孫娘だけを疑っているわけではない」

と、先回りして鬼勘は言った。

「一人住まいの老人のもとに、縁者だの知り合いだのが急に現れた話は、聞き捨てにできぬのでな。注意を払っている」

「そういう話がよくあるのですか」

喜八は少し驚いて訊いたが、「答える義理はない」と跳ね返された。

「それより、岩蔵について知る限りのことを教えてくれ。当人のためだ」

「何をお訊きになりたいんです」

「岩蔵は物忘れを患っているそうだな」

「昨日の様子からすればそうですが、それまでは岩蔵さんが物忘れと聞いたことはありませんでした。昨日、その場にいた他のお客さんたちも驚いていましたよ」

喜八は正直に答え、お春の素性についても知る限りのことを話した。その後、鬼勘が弥助からも話を聞きたいと言うので、弥助と交代する。

弥助からの聞き取りが終わった頃、喜八がそうめんを運ぶと、鬼勘たちは急いでそうめんを食べ始めた。この日はこれという雑談もせず、「また来る」と慌ただしく去っていく。

(鬼勘はお春さんのことを疑っているのか)

お春だけではないと言っていたし、とりあえず怪しい者はすべて疑うのが鬼勘の仕事なのだろう。

そうは思っても、優しく愛らしいお春が鬼勘に目をつけられているということは、喜八の心に小さな黒い染みを落とした。

二

同じ日の夕方、六之助がおあさ、おくめと共に現れた。

「お父つぁんは、今日は来られないのよ。堺町の芝居小屋で人と会う約束があるんですって」

喜八が尋ねもしないうちに、おあさは言う。

「なら、今日は三人で申し合わせて来てくれたんですね」

ありがとうございます――と言いかけると、おあさから「そういうわけでもないの」と止められた。

「六之助さんは鉄五郎さんと待ち合わせているそうよ。それを聞いて、ならあたしたちもかささぎのお料理が食べたいわってなったの」

おあさが話し終えると、代わって六之助が口を開いた。

「実は、先生のご助言をいただいてから、どんどん書けるようになりましてね。いやいや、筆が止まらないってこういうことなのかと、よく分かりましたよ」

六之助は店に入ってきた時から、ずっとにこにこしている。

「ついこの前まで深刻そうな顔してたのに、ずいぶんな変わりようだな」

おあさに小声で言うと、「そうなのよ」とおあさも笑っていた。

「出かける直前までは、部屋にこもって書いていたみたいだけど、外に出てからはずっとあんな感じ」

おあさから「そうだったわよね」と同意を求められたおくめも、深々とうなずいた。

「でも、六之助さんが元気になってくれて嬉しいです」

おくめは朗らかな笑みを浮かべていた。

「兄さんが来るのは暮れ六つ（午後六時）近くになるんですが、今日は遅くまでお邪魔してもかまわないでしょうか」

六之助が喜八に言う。「今日は、じゃなくて、今日も、でしょ」とおあさが口を挟み、

「まあ、そうなんですが」と六之助は苦笑した。

「鉄つぁんは身内も同じなんだし、それはぜんぜんかまいませんよ。けど、遅くまでってまさか」

あることを思い浮かべながら、六之助の顔色をうかがうと、

「あ、もうお気づきですね」

と、調子のよい返事である。

「実は、前からお願いしていたせりふ回しなんですが、今日、お願いしたいと思いまして」

「今日……ですか」

「まだ、書き出して少しですから、そんなにお手間は取らせませんよ」

力になると約束した手前、うなずくしかない。

それから、席に着いた三人はそれぞれ品書きを見ながら、注文を決めた。おあさとおく

めは夏越(なごし)ご飯が気に入ったとかで、枝豆入りのごはんを頼み、六之助は蕎麦(そば)にするという。茄子(なす)の煮びたしや冷ややっこ、田楽(でんがく)に衣揚げと、それぞれ注文し、それらが供された頃、

「お邪魔いたしやす」

と、鉄五郎が現れ、いつものようにきっちり挨拶(あいさつ)した。

「六之助さんの台帳書きが順調なようで何よりだな」

鉄五郎に言うと、「まったくで」と嬉しそうである。

「今日は、若と弥助にご面倒をお願いするっていうんで、あっしもまずはご挨拶にと」

六之助の隣に腰かけた鉄五郎は、台の上に額がつきそうなくらい深々と頭を下げる。

「いや、兄さんにもやってもらうことがありますから」

横から、六之助が口を挟む。

「へっ、俺？」

鉄五郎は驚き、まじまじと六之助を見つめ返した。

「そうですよ。兄さんにもせりふ回しをお願いします」

「けど、俺、芝居なんてまったく分からないぜ」

「別に、上手(うま)くやれなんて言っていませんよ。若旦那と弥助さんに何役もやらせるわけにはいかないでしょ。人がたくさん出てくる場面で、お二人の負担にならないよう、端役(はやく)のせりふをお願いするだけです。ただ読み上げてくれれば、それでいいんで」

「読むだけでいいなら」

と、渋々うなずいた鉄五郎であったが、「俺のところにゃ、仮名を振っておけよ」と小声で六之助にささやいている。

「まったく、寺子屋へ通うのをさぼっていたから、そういうことになるんです」

「それを言うなって。出来のいい弟といつも比べられてた兄貴の、やさぐれる気持ちを考えてもみろ」

鉄五郎と六之助はそんなことを言い合いながら、楽しげである。子供の頃から、やんちゃな兄に出来のよい弟だったのだろうが、あまり似たところのない兄弟ながら、気は合っていたのだろう。鉄五郎が町奴の組に入り、その後、役人に追われる身となったにもかかわらず、兄弟の絆は揺るがなかった。

(そうか。東先生はこの二人を見て、兄弟の情を芝居の中に取り入れろって言ったんだな)

それを思えば、六之助がどんな台帳を書いたのか、まったく興味がないわけでもない。

「店じまいの後、六之助さんが書いた台帳のせりふ回し、お前にもよろしくだってさ」

弥助に言うと、小さく溜息を吐きつつ、「仕方ありませんね」と言う。

「おあささんたちも聞いているつもりなんでしょうか」

弥助から訊かれ、「そうなんじゃないのか」と喜八は答えた。

「あの二人がいるのが、気になるのか」

　ふと思いついて、喜八は尋ねてみた。弥助が気にしているのは、おあさだろうか、それともおくめだろうか。しかし、「別に気になどなりませんよ」と弥助の返事は淡々としたものであった。

「若はどうなんです」

　続いて、弥助から逆に訊き返され、「俺は……そうだなあ」と喜八は曖昧な返事をした。おあさたちがいると思えば、上手に演じようという気持ちにもなるし、下手なところを見られたくないという気持ちも湧く。

「そういや、お前さ」

　喜八はふと太刀売稲荷で見かけた三十代後半くらいの美しい女人のことを思い出し、話を変えた。

「まだ、若のお返事を聞いていませんが」

　弥助は疑わしげな眼差しを向けてきたが、「俺のことはどうでもいいんだよ」とやり返す。

「お前、太刀売稲荷で見た女の人、きれいだって言ってたよな」

　弥助はきょとんとした目つきになった。

「あ、はい。そうですね。確かに言いました」

「そこそこ年がいってたよな」

「別に年をとっても、きれいな人はきれいだと思いますが」

「そりゃ、そうだよ。けどさ、お前って、ああいう人が……その、好みなのか」

「ああいう人、とは？」

「だから、上品そうで、顔がきれいで、そのう、年がいってる人ってことだよ」

「さあ、好みなのかと訊かれると、返事に迷いますが。太刀売稲荷で見た人は素直にきれいだと思えました。あの後も時折思い出すことがあります」

「思い出すって、お前、そりゃあ……」

　恋をしてるってことじゃないのか——という言葉を、喜八は慌てて呑み込んだ。思い出すとは言っても、あの女人の素性を探り出そうとまでは考えていないようだ。それに、相手はどう見ても、お武家の人妻。弥助が想いを寄せたところで、どうにかなる相手ではない。それはつまり、おくめの恋敵にはなりようがないということだ。

（まあ、こいつは店でも年増の女客に人気があるからなあ）

　弥助自身がそういう好みだと思ったことはなかったが、そうだとしたら、おくめの恋はなかなか厄介そうである。おくめちゃん、頑張れよ——と心の中だけで応援し、喜八は弥助との話を切り上げた。

　その後、六之助たち四人を除く客が引けてから店じまいをし、喜八と弥助は奥の部屋で手早く握り飯の夕餉を口にする。

一通りのことが終わって、店の客席の方へ出向くと、六之助たちは席の一部を横に片付け、すっかり用意を調えていた。邪魔にならないようにと、おあさとおくめは端の方に寄って、見物の準備は万端という様子である。おあさはさらに用意のいいことに、眼鏡まで取り出していた。

「え、六之助さん。今日はせりふ回しだけって話じゃなかったっけ」

喜八が虚を衝かれて呟くと、「あ、はい。そうなんですが」と、六之助は帳面を手に振り返る。

「立ち回りをお頼みするわけじゃありませんが、動き回りながらせりふを言いたいっていう役者さんもいますからね」

「俺たちは役者じゃないけどな」

「まあまあ、せりふ回しをするうちに興が乗って、ちょっと動きも付けたいっていう役者さんが多いんですよ。動きは付けても付けなくてもいいですから、好きにやってください」

きびきび言う六之助の傍らには、鉄五郎が何とも言えぬ微妙な顔つきで突っ立っていた。

「若、あっしはどうしてここに立っているんでしょ」

すがるように鉄五郎が言う。

「まあ、弟さんから頼まれちゃ断れないだろ。観念しろ」

「そういえば、若が最初の芝居に出た時、あにさんたちが悪役で出てましたけど、あの時、鉄のあにさんも入っていませんでしたっけ」

弥助が思い出したように呟いた。それは『太刀素破』という芝居のことで、喜八は初めての芝居だというのに、女形をやらされたのだ。その時、女を追い詰めるならず者たちを、元かささぎ組の面々が演じたわけだが、中に鉄五郎もいたのである。

「あれは、ただ町奴ふうにしゃべればいいって話でしたし、あっしなんか『待ちやがれ』と叫んだだけです」

情けなさそうに鉄五郎は呟き、

「今日はそういうわけにはいかないんだろ」

と、六之助の方に目を向けて問う。

「そうですね。では、まず話の筋からお伝えしましょう。これは『春栄』という能を下敷きに、例の駿河台の事件を描いたものです。春栄は男装の女盗賊なんですが……」

能の春栄は若い侍だが、六之助は女盗賊にしたという。女というのは駿河台の事件に従ったもののようだ。

時は何百年も前、源平の合戦が行われていた頃の話――。春栄はとある大店に男の奉公人として入り込み、主人を騙して金を盗んだ。ところが、やがてお縄となり、同じ手口で働いた悪事の罪が重なって、処刑が申し渡される。すると、処刑の間際、春栄の兄と名乗る種直が現れ、「妹の代わりに自分を処罰してくれ」と言い出した。そこで初めて、春栄が女だとばれるという筋書きである。

「とりあえず、今日のところは、春栄を若旦那、種直を弥助さん、大店の主人を兄さんでお願いします」

と、六之助は言った。

「三人が一緒に登場するのは、後半ではないのですか」

弥助が訊くと、「いえ、種直は前半、店の客として登場するんです」と六之助は答えた。

種直は行方知れずの妹を捜しており、あちこちの店をめぐり歩いているという。そこで、男に化けた春栄とも顔を合わせるが、その時は妹と気づかないのだ。

「ちなみに、春栄とは男の名で、本名ではありません。女としての名はお春かお栄か、決めかねていますが、とりあえず、今日お見せする台帳はお栄となっておりますので」

今日の稽古は、その種直が店へやって来て、妹と知らずに言葉を交わす場面だという。

「稽古じゃなくて手伝いなんだけど」という喜八の呟きは聞き流された。

「では、まず、弥助さんから。ここのせりふをお願いします」

六之助は帳面を突き出し、意気揚々と言う。弥助は台帳にじっと目を通した後、

『失礼いたす。拙者、生き別れの妹を捜す旅の者。妹は名を栄と申すのだが、ご存じない

でしていて、なかなか堂に入っている。

であろうか。年は十七、背丈は拙者の肩より下のこのくらい』と、せりふを読み出した。「このくらい」という時には、手で背丈を示すしぐさまでしていて、なかなか堂に入っている。

「ひっ、弥助はもういっぱしの役者だなあ」

鉄五郎がすっかり恐れ入った様子で呟いた。同時に、自分にあんな真似ができるのかと不安になったのか、そわそわと落ち着かぬ様子で足踏みをする。

「がんばって、鉄五郎さん」

高みの見物を楽しんでいるおあさから声がかかった。

「へえ、お嬢さん。もったいねえ」

鉄五郎はしゃきっと背筋を伸ばしたが、不安そうな目の色は変わらない。せりふ回しは先へと進み、次は喜八である。

「春栄は女とはいえ、男に化けておりますので、ここはふつうに男としてしゃべってください」

分かりましたとうなずき、喜八は六之助から示された台帳に目を据えた。

『これは、旅のお侍さま。生き別れとはさぞやお心を痛めておいでとお察しいたします。しかし、お栄というお方のことは、生憎、聞いたことがありませんなあ』

喜八が言い終えると、六之助は「うーん」と唸った。

「何かまずかったですか」

「いえ、まずいというわけじゃないんですが、春栄は相手が兄と分かっているわけです。兄と分かっていても、それを表に出すことはできない、そこのつらさや切なさがにじみ出るといいんですが」

「そう言われてもなあ」

どうも要求が高すぎる。これでは、儀左衛門と変わらないではないか。

「まあ、今日は初めてですからね。よしとしましょう。次までには今のところ、よく考えておいてください」

六之助はいつになく厳しい口ぶりで言った。

「では、次は弥助さん」

と、六之助の台帳のせりふ回しは進んでいった。

お栄はいないと言われても引き下がらぬ種直を扱いかね、春栄が店の主人を呼んでくるという話の流れだ。『旦那さん、こちらのお客さまでございます』と春栄から種直を引き合わされた主人は、そこで初めてのせりふを言う。

「はい、兄さん。このせりふをお願いします。店の主人らしく堂々とね」

「お、おう」

威勢よく応じた後、鉄五郎は直立不動で、台帳を読み始めた。

『おやおや、あなたさまが旅のお侍さまでございますか。お栄さんという妹君をお捜しとのこと。お力になりたいですが、うちは人探し屋ではありませんのでね。他のお客しゃま、あ、いや、お客さまの……』

鉄五郎が途中で言い直すと、「ちょいと、兄さん」と六之助の厳しい声が飛んだ。

「このくらいのせりふ回しで、つっかえてもらっちゃ困りますよ」

「すまんな。舌を嚙んじまって」

鉄五郎は小さくなっている。

「まあまあ、六之助さん。身内に厳しくなるのも分かるけど……。鉄つぁんはほとんど初めてなんだし、目にしたせりふをすらすら読むのは、けっこう難儀なもんですよ」

喜八は二人の間に割って入り、鉄五郎を庇った。六之助は大きな溜息を漏らし、「ま、そうですな」とうなずいた。

「何せ、ふだんから場慣れした役者さんを見ていたもので」

反省するふうに言ったものの、六之助は鉄五郎に向き直ると、

「とはいえ、あまりつっかえられたら、浮かぶもんも浮かばなくなる。失敗を一つでも減らせるよう、兄さんも鍛錬してくださいよ」

と、きびきび言った。鉄五郎は、どうして俺が——という目を浮かべたものの、ややあって「……分かったよ」とおとなしくうなずいた。

三

その日のせりふ回しが終わった後、松次郎の淹れた麦湯を飲みながら、皆でひと息吐いていた時、

「さすがに弥助さんは器用ですなあ」

と、六之助は感心することしきりであった。

「店の主人の役も、弥助がやればいいんじゃないのか」

などと、疲れ切った鉄五郎は言っていたが、

「二人の掛け合いのところがあるんですから、そういうわけにいきません」

六之助はぴしゃりと言う。

「ねえ、喜八さん。ちょっといい？」

その時、おあさが喜八に声をかけてきた。皆とは別のところで話したそうなので、喜八は立ち上がり、少し離れた席へと移動する。弥助とおくめが目で追ってきたが、二人とも声をかけてはこなかった。

向かい合って座ると、おあさはそれまでかけていた眼鏡を外した。かけていられると、どうしても目が眼鏡にいってしまうので、喜八としてはほっとした気分である。

「何だい、おあささん」

「急にごめんなさい。別に聞かれて困る話じゃないんだけれど、こっちの方が落ち着いて話せるから」

　おあさは申し訳なさそうに言った。

「それは、いっこうにかまわないけど、何の話だろう」

「さっきの喜八さんと弥助さんのせりふ回しを聞いていて、あたし、やっぱり思ったんです。かささぎを役者に会える茶屋にすれば、今以上に繁盛するのは間違いないって」

　思い切った様子で切り出したおあさに、「ああ、その話か」と喜八は合点がいった。忘れていたわけではないが、夏越の祓や岩蔵のことなどがあって、少し頭の隅へ押しやってしまっていた。おあさが熱心に考えてくれているだけに申し訳なくなる。

「ちょいと暇がなくて後回しにしてたけど、七夕が終わったら、ちゃんと考えてみるよ」

「そうじゃなくてね。あたしが言いたいのは、その舵取りをあたしに任せてもらえないか、ってことなの」

「えっ、おあささんが舵取りを――？」

「あたし、気軽に思いつきを口にしたけれど、やるとなったら、かなり大変なことでしょう？　衣装だって要るし、せりふ回しをするならお稽古だって必要だし。だから、もろもろの支度をあたしに任せてもらえれば、と思ったの。もちろん、喜八さんたちが望まないことを勝手に進めたりはしないから」

「そうだけど、おあささんが大変な思いをするんじゃ……」

喜八が言うと、おあさはふっと微笑んだ。いつものような明るい笑顔ではなく、少し大人びた感じに見える。

「喜八さんって、自分のことはあまり考えない人ですよね」

突然、おあさは言い出した。

「えっ、どういうことだ」

「自分のことより、いつも他人さまのことを考えているってこと。今もあたしのことを気遣ってくれたし、ふだんは弥助さんや松次郎さん、それに鉄五郎さんたちのことをいちばんに考えているでしょ。だからこそお店をもっと大きくしたいと思ってる。違うかしら?」

弥助や松次郎、鉄五郎も含む元かささぎ組の子分たちのことを考えるのは、当たり前だ。いざとなったら元かささぎ組の皆を雇えるくらい、店を繁盛させて大きくしたい。自分のことより優先しているかどうかは、よく分からないが……。そもそも、弥助たちが自分のことをさておき、喜八を最優先に考えるきらいがあり、そのことを申し訳なく思い続けてきた。

返事をせずに考えをめぐらせている喜八を前に、おあさは再び口を開いた。

「そんな喜八さんのことを、たぶん弥助さんたちは一生懸命支えようとしていて、喜八さんはそれに応えようと頑張ってる。そんな喜八さんたちを見ているとね、加勢したい気持ちがあたしの中にも湧いてくるのよ」

「その心意気だけで、うちの店のための舵取りを？」

「まあ、そうなんだけど……。うーん、もう少し丁寧に言うと、茶屋の若旦那として頑張っている喜八さんに加勢したい気持ちが半分。もう半分は、これから役者として花開いていく喜八さんをもっと見たいって気持ちかしら」

おあさの話はいつしか「喜八たち」ではなく喜八一人のことになっていたが、本人は気づいていないようだ。

「だけど、俺は役者になるつもりは……」

喜八が言いかけると、「それは分かっているわ」とおあさは慌てて言った。

「喜八さんに無理強いするつもりはないし、叶わなくてもそれはそれ。ええと、あたしが言いたいのはね。舵取りをさせてもらいたいのは、喜八さんやかささぎのためでもあるけど、それだけじゃないってこと。あたし自身がやりたいんだってことも、分かってもらいたくて」

「それはまあ、分かったけどさ」

自分よりも、熱心になってくれるおあさの気持ちに、少したじろいでしまう。そもそも、自分がおあさに引っ張られるだけでは、うまくいくはずがないだろう。

するとおあさは不意に真面目な表情になり、姿勢を正した。

「かささぎを役者に会える茶屋にするお話、ぜひ前向きに考えてください。そしてやるとなったら、あたしに舵取りをさせてください。もしよければ、何でもお願いを聞いてくれるっていう約束を、ここで使わせてもらえませんか」

おあさの願いごとを一つ聞くという約束は、もちろん覚えている。だが、それをこのために使いたいと言われるとは、思ってもみないことであった。

「そんなことに使っちまっていいのか。おあささんには、何の得もないように思えるけど……」

困惑しながら尋ねると、おあさはふふっと明るい笑い声を立てた。

「喜八さんは、役者や狂言作者を応援したことがないでしょう？」

「え、それは……ないかもしれないなあ」

「応援する側はね、何も役者や作者をただ応援してるわけじゃないの。応援することがそもそも楽しいし、自分の仕合せでもあるのよ。それに、この試み、うまくいくような気がしてならないのよね。喜八さんや弥助さんが役者の振る舞いでお客さんを迎えたら、きっと皆、大喜びよ。新しいお客さんもどんどん増えて、松次郎さんの美味しいお料理をたくさんの人に味わってもらえて、きっと皆の笑顔があふれるお店になるわ」

おあさは熱のこもった口調で饒舌に語り続ける。

「喜八さんはこの店を繁盛させて大きくする。あたしも楽しい。お客さんも大喜びで、木挽町はますます栄える。まさに三方よしの話だと思うんだけど、どうかしら」

おあさの語る言葉は、まっすぐ喜八の胸に届いた。

「気持ちは分かったよ。一度、ちゃんと皆で相談する。弥助や松つぁんは、まあ聞こえてただろうけど、叔母さんにだって訊いてみなきゃいけないしな。今日の売り上げを届けに行った時、話してみるよ」

こうして話がまとまると、おあさは嬉しそうな笑顔のまま、元の席へと戻っていった。今の話は聞こえていたようで、

「いや、役者に会える茶屋とは、これまた目新しい案ですなあ。お嬢さんが考えたので？」

と、六之助は素直に感心している。

「そうなんですよ」

おあさより先におくめが前のめりになって答えた。

「ああ、お嬢さんのお考えの通りになったら、と思うと、今から楽しみでなりません」

「さすがはお嬢さん。頭のよさは、東先生譲りですなあ」

「堺町では皆、言ってますよ。東先生のところのお嬢さんは、紫式部の生まれ変わりだって」

六之助とおくめはさかんにおあさを持ち上げている。

「そんな、紫式部だなんて」

おあさは照れながらも、まんざらでもない様子であった。

「さすがは、東先生の娘さんですね」

おあさと入れ替わるように、喜八の近くへ来ていた弥助が、幾分冷えた声で言う。おや、めずらしくおあさを褒めた、と思っていたら、

「厚かましいところが親そっくりで」

という言葉が続いた。幸い、おあさは六之助たちの褒め言葉しか耳に入っていない様子である。

「余計なことを言うなよ」

小声で注意してから、「今日は叔母さんとこに付き合ってもらうぞ」と言うと、弥助は淡々とした表情で「はい」と答えた。

その晩、おあさたちが帰った後、喜八たちは売り上げを持って、叔母おもんの家へ向かった。売り上げは毎日、おもんに届けることになっていたが、いつもは松次郎か弥助がその使い走りをする。今日は商いのやり方に関わる提案をするので、三人連れ立っての訪問となった。

おもんと藤堂鈴之助の住まいは、茶屋から芝居小屋を通り越して少し行ったところにあ

る。

「おや、おそろいでめずらしいじゃないか。まあ、ご苦労さまだったね」

おもんに迎えられた一同は、中へ上がるようにと勧められた。玄関へ足を踏み入れると、

『わたくしは呉服の里に住む呉織と申す者。これなる女子は妹の漢織でございます。わたくしが機を織り、漢織が糸を引く……』

せりふ回しが聞こえてきた。どうやら、鈴之助が二階で稽古をしているらしい。邪魔はせぬよう鈴之助への挨拶は控え、静かに一階の居間へと向かう。襖を閉めても、鈴之助のよく通る声は耳に届いた。

「今日はまた三人揃って、何か話でもあるのかい？」

売り上げの受け渡しと確認が終わると、おもんは喜八を促した。

「ああ。実は、東先生のお嬢さんから勧められてる話があってさ」

喜八は、かささぎを役者に会える茶屋ということで、客をさらに呼び込もうという目論見について、おもんに話した。

「役者に会える茶屋？　そりゃまた、奇抜な思いつきだねえ。茶屋に役者を並べて、お客さんに品定めでもしてもらおうっていうのかい？」

おもんはどこまで本気で聞いているのか、面白がっている。

「いや、そんなの、承知してくれる役者さん、いないだろ。細かいことはこれからなんだ

けど、初めは役者さんに頼むんじゃなくて、俺や弥助が役に扮して客に料理を運ぶってことを考えてるみたいだな」

前におあさが話してくれたことを思い返しつつ、喜八は説明した。

「ふうん、お前たちが役に扮してねえ」

おもんは少し真面目な顔つきになり、喜八と弥助の顔を交互に見る。

「とりあえず、役に合った衣装を着て、それっぽい感じを出すことになると思うんだけど」

「お前さんたちは、やってみてもいいって思ってるのかい？」

「それが、俺はよく分からないんだ。おあささんはずいぶん乗り気で、自分にその仕切り役をやらせてもらいたいとまで言ってるんだけど、正直、成功するのかどうか」

喜八が思いを正直に述べると、おもんは弥助の方に目を向けた。

「弥助はどうなんだい？」

「思いつき自体は悪くないと思います。若が役に扮して接待すれば、お客さんは喜ぶでしょうし、新たな客も呼び込めるでしょう。ただ、あのお嬢さんが仕切り役というのは、いかがなものか」

弥助は初めは淡々と、最後はやや眉をひそめて言う。

「あのお嬢さんを危ぶむ理由は？」

「東先生と同じく、芝居のことしか考えてないように見える時があるもので。若が振り回されて、傷つかないとよいのですが……」

「この俺が、何にどう傷つくと言うんだよ」

喜八は軽く口を挟んだが、弥助はその喜八に心配でたまらないという目を向けた後、さらに続けて訴える。

「聞いてください、女将（おかみ）さん。若は話を端折（はしょ）っていましたが、実はあのお嬢さん、こう言ったんです。自分がこの話を持ち込んだのは、頑張っている若に奉仕したい気持ちが半分、若を役者として育てたい身勝手な押し付けが半分だと――」

おあさの使っていた言葉が手前勝手に捻（ね）じ曲げられている。

「おい、おあささんはそんなふうには言ってなかったろ」

喜八が食ってかかると、「どこが違うんですか」と弥助は平然と訊き返してくる。ああだこうだと言い合っている間に、おもんは「本当のところはどうなんだい？」と松次郎に尋ねていた。

「おおよそは――」

合っているというふうに、松次郎は弥助に目をやり、ぼそっと答える。

「お嬢さんは、若を応援したいようですな」

「そうかい。喜八をねえ」

おもんはしみじみと呟いた。その時、がらっと襖が開けられた。

「おや、お前さん。稽古は終わったんですか」

突然入ってきた鈴之助に、おもんが顔を上げて尋ねる。

「あ、叔父さん。お邪魔してます。うるさくしちまって、稽古の邪魔をしてしまいましたか」

喜八が慌てて挨拶すると、「いや、そうじゃないよ」と鈴之助は笑顔で言った。

「ちょいと、喉を潤そうと思ってね。来てくれて嬉しいよ」

鈴之助が手ぬぐいで汗を拭（ぬぐ）いながら、おもんの横に座った時にはもう、おもんは傍らの薬缶（やかん）から湯飲みに水を汲（く）んで、差し出していた。

「何やら、思案顔のようだけど、茶屋で何かあったのかい？」

鈴之助が水を飲んだ後、おもんの顔を見ながら気がかりそうに尋ねた。おもんは「心配事ってわけじゃないんですけどね」と、喜八から聞いた話をかいつまんで鈴之助に話して聞かせる。

「へえ、そりゃあ面白い」

鈴之助はおもんより乗り気な表情を見せる。

「さすがは東先生のお嬢さんじゃないか。役者を目当てに客を呼ぼうってことだね」

「喜八は成功するかどうか、確かな自信が持てないみたいなんだけど」

「喜ぶお客さんはいるんじゃないかと、私は思うけどね」

鈴之助は冷静な口ぶりになって言った。

「芝居小屋じゃ役者とお客さんの距離は遠い。だから、役者と近付きになりたいお客さんは大茶屋に役者を呼ぶんだが、そこまで金はかけられない人もいるからね。その手のお客さんを念頭に案を詰めていけば、失敗することはないと思うよ」

「そうか、そういうお客さんもいるのか……」

重みのある鈴之助の言葉に、喜八もその気になりかけた。弥助も思いつき自体はいいと言っていたし、この二人がそう言うのなら、商いとしてはいいのかもしれない――と考えたその時、

「お前はどう思ったんだい？」

鈴之助がおもんに目を戻して、優しく尋ねた。

「あたしは何だか、東先生のお嬢さんの一生懸命な気持ちにほだされちまってねえ」

おもんはしんみりした口ぶりになって言う。鈴之助は不思議そうな表情になって「どういうことだね」と訊き返した。

「あたしも昔、役者としてのお前さんを応援したい気持ちが半分、女として惚（ほ）れた男を応援したい気持ちが半分だったと、懐かしくなったんですよ」

「ああ、そういうことかい。あの頃を思い出すなあ」

鈴之助はおもんをじっと見つめ、おもんもすでに他の男は目に入っていないようだ。

「お義父さんに大反対されて、もう心中するしかないと思い詰めた夜もあったねえ」

せりふより甘い口ぶりで言う鈴之助の声は、とてもそのまま聞いていられない。

「おあささんは、女として応援したいなんて一言も言ってないだろ」

喜八が呆れた声を出すと、

「まったくです。女将さんが鈴之助さまを応援したのとは、まったく違います」

と、弥助が勢いよく続けた。

まったく違うと言われると、何となく引っかかるものがなくもないのだが、今はそこにこだわっている時ではなさそうだ。

「それで、喜八。お前の心は決まったのかい？」

おもんは先ほどとは打って変わった真面目な声で訊いてきた。

「ああ。叔父さんの話を聞いて、心も決まった。やってみようと思う」

喜八はきっぱりと言い、おもんは深くうなずいた。

「お前も男なら、四の五の言わず、女の期待に応えてやりな。成功するかどうか、じゃない。させるんだよ」

「ああ、分かったよ」

「松次郎と弥助もいいね」

「へえ」

「承知しました、女将さん」

おもんの言葉に、松次郎と弥助が折り目正しく頭を下げて答える。

「それじゃあ、この話は終わりだ。細かいことはお前たちに任せるから、思う通りにやってみればいい」

「分かった。成功させてみせるよ、叔母さん」

喜八はすがすがしい気持ちで力強く言った。

「今度、芝居小屋においで。今の話でできることがあれば、私も一肌脱ぐからね」

鈴之助が優しく言ってくれる。

「それじゃあ、今日はこれで」

それを機に、喜八たちはおもんの家を辞した。帰りがけの道すがら、

「弥助、お前は俺だけが役に扮するみたいに言ってたけど、お前にもしてもらうからな。おあささんの考えじゃ、そういうことだったから」

と、喜八は弥助に念を押しておいた。

「やっぱり、おあささんを仕切り役に据えるんですか」

「それがいちばんだろ。初めに言い出した人なんだし、いい案を出してくれそうだしさ。もちろん鵜呑みにするんじゃなくて、やるからには俺たちもちゃんと考えよう」

「……分かりました」

いろいろなものを呑み込む顔つきで、弥助は渋々うなずいた。

四

翌日の四日、五日と続けて、喜八と弥助、それに鉄五郎の三人は、六之助の台帳書きの手伝いをさせられた。おあさたちは来なかったが、例の試みについて、おもんの許しを得たことは、六之助を通して知らせている。

せりふ回しの方は、春栄が喜八、種直が弥助、主人が鉄五郎という配役に変更はなし。六之助の台帳書きははかどっているらしく、せりふ回しもそれに合わせて進んでいった。六之助は元気いっぱいだが、せりふ回しをさせられる側は三日も続けば疲れてくる。そんな七月六日のこと。

二日間姿を見せなかったおあさとおくめが、昼の休憩が終わった七つ（午後四時）頃に現れた。儀左衛門や六之助と一緒ではなく、別の連れがいる。

「やあ、久しぶり」

続いて現れたのは、喜八にとっては兄のような三郎太（さぶろうた）であった。

喜八の父大八郎がかつて暮らしていた神田佐久間町（さくまちょう）の住人で、子供の頃、命を救われたことから大八郎を敬慕していた。今は古着屋の若旦那で、時折かささぎへ足を運んでは気持ちよく料理を食べ、喜八や弥助のことを見守ってくれている。そんな三郎太が誰かと連れ立って店へ来たのは初めてのことであった。

「どうして、三郎太の兄ちゃんがおあささんと？　それに……」

喜八が面食らったのは、三郎太に続いて、長助が顔を見せたからであった。

「長助さん……とおっしゃいましたよね」

「覚えていてくださったんですか」

長助は感動した様子であった。

「そりゃあ、覚えてますすよ。前は、岩蔵さんと相席でしたよね」

「ええ。あのご隠居さんはその後もこちらに？」

長助から訊かれたので、あれから孫娘と一緒に来てくれたことだけ話した。

「どうぞ、ゆっくりしていってください」

まだ客の少ない時であったから、空いている席は多い。落ち着いて話ができるよう、喜八が奥の席へ案内すると、弥助がすぐに冷や水を運んできた。

「やあ、弥助坊も久しぶり」

三郎太はにこにこしながら挨拶し、「弥助さん、坊なんて呼ばれてるんですね」とおくめが目を瞠(みは)っている。

「そうそう。弥助坊に喜八坊。昔からそう呼んでると、改める機会を失くしちまって」

そんな話を交わした後、おあさとおくめは甘酒、長助は納豆汁、三郎太は揚げ出し豆腐を注文した。ひとまず、甘酒を二人分、席へ運び、

「ところで、この四人が一緒の理由が分からないんだけど」

と、喜八は四人の顔を順に眺め回しながら訊いた。

「それは、あたしからお話しします」

おあさが答え、手の空いていた弥助も近くまで来て、その話を聞くことになった。

「実は、これが『役者に会える茶屋をつくる寄合』の顔ぶれなんです」

「役者に会える茶屋をつくる寄合？」

思わず鸚鵡返しにしてしまう。

「とりあえず、真っ先に必要なものは衣装です。まさか山村座から借りることはできませんし、そもそも、芝居小屋の衣装と同じでなくていいんです。ここのお客さんに衣装を着た姿を見せるとしても、その衣装でお料理を運んだりするわけだから、動きやすいものでなくちゃ。そうなると、新たに仕立てなくちゃいけません」

「そこで、俺の出番と言うわけだ」

おあさの言葉を引き取る形で、三郎太が口を挟んだ。

「いやあ、おあさちゃんがうちの店へ来て、この話を聞かせてくれた時は驚いたよ。初め

て会ったその日に、かささぎを役者に会える茶屋にしたいから力を貸してほしい、なんて言うもんだからさ。けど、くわしい話を聞いて、面白いと思った。喜八坊と弥助坊に役者の真似をさせるってのもいい。男前のお前らが衣装を着て目の前に立つとなりゃ、女客はそりゃ喜ぶだろう」

「それで、私が嚙ませてもらった理由なんですが、よろしいですか」

と、今度は長助が口を開く。

「実は、私はもともと三郎太さんとは知り合いだったんです」

「え、そうだったんですか」

喜八は驚いて三郎太と長助の顔を交互に見つめた。

「そうなんだよ。長助さんはうちの近くの前橋屋（まえばしや）っていう金貸しの手代なんだ」

金貸しの店に奉公しているとは聞いていたが、その店が佐久間町にあるとは知らなかったので、喜八はやはり驚いた。

「実は、喜八さんのことは前から知ってたんです。といっても、大八郎親分の倅さんとしての話で、今どうしているかは知らなかったもんですから」

前にかささぎへ寄ったのはまったくの偶然で、ここに大八郎の息子がいることは知らなかったという。

「ただね、佐久間町に暮らしていると、かささぎ組の話はしょっちゅう耳に入ってくるんですよ」

と、長助は続けた。

前橋屋は八年前の大弾圧から一年近く経った頃、佐久間町にできた店だという。だから、前橋屋の人々はかささぎ組の面子を直には知らないのだが、町の人たちから話を聞くことは多いらしい。

「うちの旦那も大八郎親分のことをずいぶんと尊敬していましてね。前橋屋っていう名前は、かささぎ橋の目の前に店を構えたことによるもので。いつも親分さんの代わりに、自分が橋を守っていくんだと口癖のように言ってるんですよ」

橋も年数を経て、傷みかけたところが出ているそうだが、それを直す金もぜひ自分が出したいと意気込んでいるそうだ。そんな前橋屋の主人の話を、長助は得々と語ってくれた。だが、なぜなのだろう、さほど嬉しいという気持ちになれない。

（うちの親父を慕ってくれてるんだから、ありがたい話のはずなんだが……）

父のことを知らない誰かが、父の築き上げたものを横からさらっていくように思えるからだろうか。父の最期を知ってか知らずか、嬉々として話す長助に相容れないものを感じるからか。

三郎太の面持ちもやや複雑そうに見える。しかし、長助は礼を言ってもらいたそうだったので、「それはありがたいことです」と喜八は頭を下げた。

「あたしが三郎太さんのお店をお訪ねした時、長助さんがたまたまいらしていたんです。あたしが木挽町の茶屋かささぎの馴染みなんですって挨拶したら、その茶屋なら知ってるって盛り上がって」

と、おあさが話を元へ戻す。

「店を大きくしたいというお考えだそうで。なら、うちの店がお役に立てる話じゃないかと思いましてね」

長助が再び口を挟んだ。そこで前橋屋の主人にもこの話を聞かせたいと、おあさを前橋屋へ案内したという。

おあさはその足で前橋屋へ行き、主人に計画を話したところ、主人も興味を持ったそうだ。

「前橋屋さんは、面白い趣向だと言ってくださいました。まとまった金が入用になった時は、ぜひ力になりたいとも。でも、今はまだそこまで話も進んでいないので、まずは前橋屋さんのお気持ちを喜八さんたちにお伝えすると申し上げておきました」

「とりあえずご挨拶だけでもさせてもらえと主人から言われまして、こうしてお二人についてきたわけで――」

おあさと長助が交互に説明してくれたおかげで、この面子がそろってここへ来た経緯（いきさつ）は分かった。

「それは、ありがとうございます。だけど、これはそんなに金がかかることなのかな」

長助に礼を述べた後、喜八は目をおあさに向けて訊いた。

「いいえ。初めにかかるのは衣装代くらいだと思うわ。ただ、これでかささぎが大人気になって、お店をもっと大きくしなくちゃいけない、なんてことになった時、前橋屋さんの出番になるんじゃないかしら」

おあさは目を輝かせて言う。そういう未来を思い描いているのかもしれない。

「まあまあ、俺にもしゃべらせてくれよ」

と、その時、三郎太が話に割って入った。

「今回、その衣装を任されたのが、俺の古着屋、吉川屋（よしかわや）ってことだ。まあ、古着をそのまんまってわけにゃいかないが、うちは仕立て直しも請け負っているからさ。そこは慣れてる。喜八坊と弥助坊の衣装を役柄に合わせつつ、運び役もできる仕様に仕立てるのは、俺に任せてほしい」

「三郎太さんからは、このように頼もしいお言葉をいただきました」

と、最後はおあさがまとめた。くわしいことは、何の衣装を着るのか決まってからの話となるが、

「もろもろの細かいことを決めたり、方々に掛け合ったりするのは、あたしの仕事です」

おあさはどんと構えている。芝居小屋との折衝などもおあさが引き受けてくれるそうだ。

「いやあ、喜八坊にこんな頼もしい贔屓筋がついてたなんて、俺は嬉しいよ」

三郎太はおあさを見やりながら、楽しげに言った。

「贔屓筋って……」

喜八が困惑気味に呟くと、

「贔屓にしてもらっているだろ。茶屋のありがたい客としてさ」

三郎太はたしなめるように言った。

「そりゃあまあ」

「こんなに店のために尽くしてくれる客なんて、そうはいないぞ」

「三郎太さん、今のあたしはお客さんではなく、『役者に会える茶屋をつくる寄合』の仲間としてここにいるつもりです」

「仲間の一人っていうより、世話役か親分ってところかな」

三郎太がからかうように笑いながら言う。

「おあささんは舵取り役だよ」

喜八は横から口を挟んだ。

「なるほど。それで喜八坊が船長ってわけか」

言われてみると、この店をおもんから任された以上、喜八の役目はそこに落ち着くだろう。

「そうね。あたしが進路を示して、喜八さんが決める。ちゃんと役割が分かれていて、いいと思うわ」

おあさも納得した様子であった。

「いずれにしても、喜八坊に弥助坊、これからよろしく頼むわ」

「いや、こっちこそ、よろしく頼むよ、兄ちゃん。それに、長助さんもよろしく頼みます」

喜八は改めて二人に挨拶し、「よろしくお頼みします」と弥助も頭を下げた。

それを機に、喜八と弥助は四人の席を離れ、その後、納豆汁と揚げ出し豆腐が出来上がると、弥助が席へ運んだ。おあさたちはまさに寄合のつもりらしく、その後も店や客の様子を見やりながらあれこれ話し合っていたが、やがて混み始めると立ち上がった。

立ち去り際、おあさと長助たちを先に行かせ、最後まで残った三郎太は「喜八坊」と少しすまなそうに声をかけてきた。

「長助さんのこと、気を悪くしないでくれよ」

と、小声で言う。

「何のことだよ」

驚いて訊き返すと、

「親父さんのこと、お気楽な調子でしゃべってただろ。後から町に来た連中は何も知らないからさ」

と、三郎太はきまり悪そうな表情で言った。

「そんなの当たり前だよ。それに、長助さんは親父のことを一言も悪く言ってなかったし」

「だけど、こっちは気になるだろ。少なくとも俺はいい気分はしなかった」

三郎太ははっきりと言った。

「今回の話もうっかり長助さんの耳に入っちまってな。まだ金貸しの出る幕じゃないって突っぱねることもできたんだが、前橋屋の旦那が勝手に乗り気になっちまった。事あるごとにお前の親父さんみたいになりたいと口走るのは事実なんだが、そもそも器が違うんだよ」

かなり苛立たしげな口ぶりであった。

「町の人も、大方相手にしてないんだけどさ。ま、それだけに、少しでも町の輪に入ろうと無理してるのかもしれない。ま、長助さんも悪い人じゃないんだが、主人にゃ逆らえないからな」

「佐久間町が厄介なことになっているのか？」

三郎太の口ぶりが気になり、喜八は尋ねた。

「いや、そうじゃない。前橋屋だって、ちょいと浮いてるっていうだけで」

自分たちが去った後、佐久間町は役人から目をつけられることもなくなり、落ち着いたのだとばかり思っていたが……。

「変な話を聞かせて悪かったな」

三郎太は気を取り直したように、声の調子も明るく言った。

「どっちにしても、この茶屋におかしな真似はさせない。それは相手が誰でも同じことだ。お前たちの芝居茶屋は、いつだって俺が守ってやる」

「俺はもう餓鬼じゃないんだぜ」

「まあ、そう言うなって。親父さんに受けた恩を何とかして返したいんだからさ」

三郎太は少し寂しそうに笑ってみせた。

「兄ちゃん……」

「そう呼んでくれるなら、これからも本当の兄貴と思って頼ってくれや」

三郎太の片手が喜八の肩にそっと置かれた。

「それが、俺はいちばん嬉しいんだからさ」

それだけ言うと、三郎太は照れくさそうな笑顔を見せ、すぐに戸口に向けて歩き出した。

優しく手をかけられた左の肩は、なおもほんのりと温もりを宿しているようであった。

五

翌七月七日は、朝から生憎の雨降りだった。

「こりゃあ、夜までに降りやまないと、彦星さんと織姫さん、逢えずじまいになっちまうなあ」

などと言いながら通りを行く人々に、喜八は店前から声をかける。

「今日は七夕の節句ですよ。七夕にはそうめんを食べなくちゃ。昔々、疫病を鎮めるためにお供えした索餅がその起源なんです。季節の変わり目、疫病退散の願いもこめて、薫そうめんを食べてってください」

喜八の声に足を止め、暖簾をくぐってくれる常連客からは、「薫そうめんは今日限りかい？」などと先回りして訊いてくる人もいた。

「そうそう。薫そうめんは初物の生姜をつけてますからね。ただのそうめんはたくさんあるが、薫そうめんは二十人限り。なくならないうち、お早めにご注文を」

ふつうのそうめんは十六文で出しているが、薫そうめんはその倍の三十二文。これは、生姜の仕入れ値によるものだが、

「生姜の初物ですって」

「初物は寿命が延びるというからな」

などと、薫そうめんを頼む客もちらほらいる。

ふつうのそうめんより高いといっても、夏越御膳に比べれば安いので、それほど気兼ねなく頼めるようだ。

「あれ、先月、生姜の初物を食べさせてる蕎麦屋があったけど……」

などと言う者もいたが、そういう客に対しては、

「それは、産地が違ったんでしょう」

と、弥助が澄ました顔で答えた。

「実のところ、仲買人は自分の扱う最初の品を初物と言うわけですが、その仲買人だって大勢います。だから、あちこちの店で初物が出るわけですよ」

弥助の言葉に、客たちは思い思いにうなずいている。

「そうだよな。本来なら、初物を売り出すのは一回きりのはずなのに、近頃じゃ、あっちでもこっちでも聞かされるよ」

「そこで、うちの生姜の話ですが、まぎれもなく谷中生姜の初物なんです。谷中生姜は小ぶりの葉生姜。味噌漬けや酢漬けを丸ごと食べても美味しいですよ」

それを聞くと、改めて壁の品書きを確かめ直し、そちらにしようかと思案する者も出始めた。そこで、喜八は声を張り上げる。

「おっと、お客さん。今日は七夕、そうめんを食べるのを忘れないでくださいよ。薫そうめんのつゆは、谷中生姜をじっくり漬け込んだから風味が格別。小日向の茗荷を薬味に添えて、それぞれの風味を存分に楽しめるんです」

すると今度は、「やっぱり薫そうめんを」と注文客がそちらに流れる。

「若旦那と弥助さんの掛け合いは、息が合ってて気持ちがいいな」

そんなことを言う客もいた。本当だと、あちこちで同意の声が上がる。

「いや、別に掛け合いってわけじゃ」

喜八は困惑した。弥助が客に葉生姜を推していたから、ちょっとした対抗心と悪戯心で、薫そうめんを推しただけだ。

だが、客たちは意外にも喜んでいるようで、喜八としては妙な気分であった。

「じゃあ、あたしは薫そうめん」

「あたしたちは谷中生姜の味噌漬けに、ふつうのそうめんをお頼みするわ」

などと、客席からは次々に注文が寄せられる。

そのうち、「おやおや、今日も盛況だね」と言いながら店へ入ってきたのは、岩蔵とお春であった。岩蔵が傘をさし、お春は空いている岩蔵の腕を取っている。二人で一つの傘に入り、互いに寄り添い合う姿は本当に仲睦まじそうであった。

「これは、岩蔵さんにお春さん。ようこそいらしてくださいました。その後はお変わりなく？」

喜八がお春へ目を向けて問うと、「ええ」とお春はうなずいた。

「お蔭(かげ)さまで。時折、物忘れはあるけれど」

お春は岩蔵の傘を受け取り、それを畳んでから、手拭いで岩蔵の着物を拭(ふ)いた。

「お春さんが来てくれて、本当によかったですね、岩蔵さん」

と、喜八が言うと、「まったくだよ」とお春に雫(しずく)を拭ってもらいながら、岩蔵は目を細めた。今日の岩蔵は辻褄(つじつま)の合わないことも言わないし、話もしっかりできるようだ。

喜八は二人を席へ案内すると、七夕一日限りの薫そうめんを勧めた。

「そうか、そうか。今日限りなら、ぜひともそれをもらおうかね」

と、岩蔵はすぐに言った。

「でも、おじいさん。ふつうのそうめんと比べて、倍も高いのよ」

と、お春は壁の品書きに目をやりながら注意する。

「なあに、お前のために使うなら、惜しいことなど何もない」

岩蔵は言い、さらにお勧めの品はないのかと喜八に尋ねた。

「それなら、谷中生姜が初物なので、こちらの味噌漬けや酢漬けがありますが」

「ああ、初物ってのはいいね。それも一皿もらおう。お春や、お前は味噌漬けと酢漬けのどっちが好きかね」

岩蔵から訊かれたお春は、

「お味噌もお酢もどっちも好きだけれど、谷中の生姜は食べたことがないから……」

と、決めかねている。すると、

「なら、味噌と酢を一皿ずつもらおう」

と、岩蔵は言った。

「生姜ばっかり、そんなに頼んで」

お春は笑っていたが、結局、岩蔵はそのまま注文を決めた。

喜八は調理場に注文を伝えに行き、少し遅れて戻ってきた弥助に、

「岩蔵さん、相変わらずお春さんには躊躇(ためら)いなく金を使うようだな」

と、小声で先ほどのやり取りを話して聞かせた。

「確か、鬼勘がお春さんに目をつけているんでしたよね」

「ああ。けど、岩蔵さんはお春さんを本当にかわいがっている。お春さんも岩蔵さんのこと、甲斐甲斐(かいがい)しく世話しているみたいだしな」

その時、少し甲高いお春の笑い声が聞こえてきた。少し遅れて、岩蔵の低い笑い声も耳に届く。

あのお春がもしも偽者なら、今楽しそうに笑っている岩蔵はどんなに傷つくだろう。

「葉生姜の味噌漬けと酢漬け、用意ができました」

その時、松次郎が淡々と告げて、二枚の皿を出してきた。

「あ、俺が運ぶよ」

喜八は盆にそれらを載せ、箸を添えて、岩蔵たちの席へ運んだ。

「あ、谷中生姜ね」

お春は歓声を上げた。

「これって、本当に初物なんですか」

「はい。余所で初物を出してる店もあるようですが、谷中生姜の初物はこれですよ」

「柔らかそうだわ」

と言うお春に、「そのまま食べるんだよ」と岩蔵が優しく声をかける。

「初物は寿命が延びるそうだから、しっかりお食べ」

岩蔵の言葉に、お春は「それなら、おじいさんが食べなくちゃ」と言い出した。

「老い先短いおいぼれに、今さら寿命も何もない。お前が食べればいいんだよ」

お春は岩蔵の言葉をしみじみした様子で聞いていたが、やがて、箸を手に取った。

「あたし、初物なんて初めて。一生口にすることなんてないと思っていたのに……」

先に酢漬けの皿を手に取り、葉生姜の香りを嗅いでから、口に含んだ。少ししてからそれを飲み込み、「いい香り」と目を細める。

「初めに鼻に香りが抜けて、飲み込んだ後は喉がすうっとするの。こんなにいい香りのものを食べたのは初めて」

「そうかい、それはよかった」

岩蔵はますます目を細め、自分は箸を伸ばしもせず、お春がはしゃぎながら葉生姜を食べる姿を眺めている。そのうち、茹で上がったそうめんが順に皿に盛られて、松次郎から手渡され、喜八と弥助はそうめんを頼んだ客にそれを運び続けた。その中には岩蔵とお春の薫そうめんもあった。

「さあ、今度は薫そうめんを兄の香と妹の香でお召し上がりください」

喜八がそう言って、二人の席にそうめんとつゆ、薬味を置いた時であった。

「御用である」

見覚えのある侍が入ってくるなり、そう叫んだ。続いておもむろに現れたのは、鬼勘その人である。

鬼勘は動きを止めた店の中を見回し、お春に目を据えた。

「行け」

と、鬼勘の号令の下、配下の侍二人がお春の席へとすぐさま動く。鬼勘は堂々とした足取りで、その後ろに続いた。

侍たちはお春の席をふさぐように立っている。

「お侍さま、これはどういうことですか」

岩蔵が慌てふためいた様子で声を上げたが、侍たちも鬼勘もまったく相手にしなかった。

「おぬし、駿河台に暮らす元万年堂主人、庄三郎より金を奪いし、自称みつに相違ないな」

鬼勘が朗々と声を張って言う。

「何を申されます。これは私の孫のお春でございます。丸屋町の隠居、岩蔵の孫娘の春に間違いございません。どうか、おかしなことをおっしゃらんでください」

今度もお春ではなく、岩蔵が口を開いて訴えた。

「この者はおぬしの孫の春ではない」

鬼勘は淡々と告げる。

「春のことは、狭山に配下の者を送って調べた。春は今も両親と共に狭山に暮らしておる。そして、この者の名は春でもないが、みつでもない。みつとは、駿河台の庄三郎老人に対して偽っていた名であり、本名は我々もまだつかんでおらぬ。この先のお調べにて、すべてが明らかになることであろう」

鬼勘はそれだけ言うと、「この者を引っ立てい」と配下の者たちに命じた。侍がお春の腕をつかみ上げる。お春は一瞬、目をさ迷わせたが、もはや逃げる余地がないと察したか、抵抗はせず腕を引かれるまま立ち上がった。

「お春っ！」

岩蔵の口から悲鳴のような声が上がる。しかし、立ち上がったお春は一度も岩蔵の方を見なかった。

侍一人に腕をつかまれ、その後ろをもう一人の侍に見張られる形で、お春は店の外へと引っ立てられる。

「お春や、待っておくれ」

岩蔵は立ち上がって、お春を追おうとしたが、目の前に立つ鬼勘によって遮られてしまった。

「おぬしもあの女に騙されるところであったのだぞ。若いが、あれは性悪の詐欺師だ」

鬼勘に道理を説かれながらも、岩蔵はまったく耳に入らぬ様子で、「お春、お春や」と叫び続けている。

「岩蔵さん、落ち着いて」

喜八と弥助は背後から岩蔵の体を取り押さえた。鬼勘に手でも上げれば、罪人にされてしまう。

「このご老体のことは頼むぞ」

鬼勘は暴れる岩蔵を喜八と弥助に任せると、配下たちの後を追い、慌ただしく出ていってしまった。

「違う。あれはお春だ。お春でないわけがあるかあ」

鬼勘が去った後もしばらくもがいている岩蔵を、喜八と弥助の二人で何とか席に戻らせた。お春が連れ去られた時か、岩蔵が立ち上がった時か、台の上の皿に手が触れてしまったらしく、そうめんが皿から零れ落ち、つゆの入った椀も横に転がってしまっている。

「すぐに片づけます」

弥助が台を片付け始め、喜八は岩蔵のそばに付き添っていた。

「岩蔵さん、きっと何かの間違いだからさ」

「そうだよ。元気出して」

顔なじみの客たちから、励ましの声もかけられたが、岩蔵は暴れるのをやめた後は口を閉ざし、じっと押し黙ったままであった。

「岩蔵さん、少し落ち着くまで、奥の部屋で休んでいきませんか」

やがて喜八は言い、いつも自分たちが食事を取る部屋へ案内した。松次郎が料理を作りながら、様子を見ていると言うので、取りあえず店の休憩の時まで、そこで休んでもらうことにする。

岩蔵は喜八たちの言葉が聞こえているのかいないのか返事もせず、ただ動かされるままになっていた。そんな岩蔵の姿に、喜八は胸が痛んだ。

六

岩蔵の悲しみと寂しさに共鳴したかのように、その日の雨はなかなかやまない。それでも、昼がだいぶ過ぎた頃から、雨足は弱くなってきたようであった。

やがて、八つ半（午後三時）になって、かささぎはいったん暖簾を下ろした。

奥の部屋をのぞいてみると、岩蔵はただ茫然と床に座り込んでいる。ちゃぶ台の上には、作り直したそうめんと麦湯が載っていたが、まったく手付かずのままであった。

「あの姿勢のまま、ずっと変わりませんで」

時折、様子を見ていた松次郎が言う。「そうか」とうなずき、喜八は岩蔵の傍らまで行って声をかけた。

「岩蔵さん、少し腹に入れた方がいいんじゃありませんか。何も食べていないでしょう」

岩蔵は「いらん」と言い、首を横に振る。

「おうちまで歩いて帰れますか」

さらに尋ねると、無言でうなずいた。そうはいっても、岩蔵を一人で帰らせるのは心配だった。

「ひとまずお宅にお送りするか」

と、喜八が言うと、弥助はすぐ「俺がお連れしますよ」と応じる。だが、岩蔵の様子も心配だし、何かあった時、付き添いは二人いた方が対処もしやすい。喜八は自分も一緒に行くと言った。

幸い、三人が店を出た時には雨もやんでいた。一本だけ店に残っていた岩蔵の傘を持ち、三人は丸屋町へ向けて歩いた。

「岩蔵さん、お宅にはお春さんと一緒に来た女中さんもいるんでしたよね」

道中、尋ねてみると、「そうだ」と返事があった。お春がつかまったことで受けた衝撃は大きかったようだが、いくらかの時を置いて落ち着きを取り戻したようである。

「お名前はおそねさんでしたっけ？」

「……そうだ」

少しの間を置いた後、岩蔵はそっけなく言う。他に、お春が来る前から出入りしていた飯炊きの女がいたはずで、その名を問うと、「おゑんだ」という返事であった。

「まあ、お宅へ行けば、お春さんの連れのおそねさんか、おゑんさんと話ができるだろう」

喜八と弥助は、岩蔵の頭越しに言葉を交わした。すると、

「お春は私の孫だっ！」

突然、岩蔵が激昂（げきこう）した。

「役人の阿呆どもめが。お春を連れていくとは怪しからん」

せっかく落ち着いてきたところへ、お春の女中の話をしたのがまずかったのだろうか。

喜八と弥助は何とか岩蔵をなだめると、その後は無言を通し、やがて丸屋町の一角にある岩蔵の家へ到着した。小ぢんまりとしているが庭のある立派な二階建ての仕舞屋である。

「あ、ご隠居さん」

家の前でうろうろしていた四十路ほどの女が、岩蔵の姿を見るなり、駆け寄ってきた。

「おゐんじゃないか。どうして、中へ入らないんだね」

と、岩蔵が言ったので、先ほど話に出た飯炊きの女だと分かる。

「いったんお邪魔したんですけど、誰もいなくて。どうしたものかと外へ出てきたら、お春ちゃんが大変なことになったたって聞いて」

どうやらお春が捕らわれたことは、おゐんの耳にも入っているようだ。

「ところで、こちらの若いお兄さん方は？」

おゐんは、改めて喜八と弥助を見つめて問うた。

「俺たちは木挽町の芝居茶屋かささぎの者です。岩蔵さんにはご贔屓にしてもらっていましてね。今日はうちの店でいろいろあったもので、岩蔵さんをお送りしてきたんです」

と、喜八は和やかな口ぶりで告げた。

「まあ、そうでしたか。あたしはゐんと申します。ご隠居さんの家の飯炊きをさせてもらってるんですが……。いつもはおそねさんがいるんですけど、どこかへ出かけているのかしら」

「お春さんと一緒に来た女中さんですね」

「そうです。三十路くらいの人かしら。めったに外に出ないのに、今日はいなくて」

おゑんは困惑気味に首をかしげている。

「とりあえず、岩蔵さんを中へお運びしましょう。茶屋で何も召し上がっていないので、何か作っていただけると助かります」

弥助の言葉で、一同は中へ入ることになった。

岩蔵がいつもいるという居間へ落ち着くと、おゑんは喜八たちを引き止め、三人分の麦湯を持ってきた。

「お家の中、きれいにされているんですね」

喜八は居間の中を見回しながら言った。簞笥（だんす）の上には折り鶴が置かれ、桔梗（ききょう）の花が一輪飾られている。

「お掃除はお春ちゃんたちがやっていたんですよ。前はあたしも少しお手伝いしていたんですけど、仕事のうちではないですし、あまり手出しするのも遠慮がされて。でも、お春ちゃんが来てからは、殺風景だった部屋も明るくなりました」

おゑんはしみじみした声で言う。岩蔵は簞笥の上の折り鶴をじっと見つめていた。

「お持ちしましょうか」

岩蔵がうなずいたので、おゑんは赤い色紙の折り鶴を取ってきて、岩蔵の掌に載せた。

岩蔵は折り鶴を見つめたまま、身じろぎもしない。

ややあってから、おゑんが何か作ろうかと話しかけたが、岩蔵の返事はなかった。代わりに弥助が、

「茶屋ではそうめんを注文なさったんですが、食べ損ねてしまわれて」

と、答える。すると、

「お春も食べ損ねちまったなあ」

不意に岩蔵が呟いた。

「谷中生姜もまだ途中だった。初物だから、ゆっくり食べるんだと言って……」

「………」

「今頃、腹を空かせてるんじゃないか」

岩蔵は折り鶴の羽を指でさすりながら、ぽつんと言う。おゑんは少し鼻をすすった。

「お春ちゃんも今頃、何か食べさせてもらっていますよ。それより、ご隠居さんがお腹を空かせてたんじゃ、お春ちゃんが帰ってきた時、あたしが叱られてしまいます。今からちゃんと召し上がってください」

「……ああ」

岩蔵は気が抜けたような返事をする。「温かいのにしますか」という問いかけにも「ああ」と答えた。

とりあえず作るものが決まったのを機に、喜八と弥助も辞去することにした。

「岩蔵さん。おゑんさんの出してくれるものをしっかり食べて、元気でいてくださいよ」

「また、かささぎにもいらしてください。お待ちしています」

喜八と弥助は口々に励まし、おゑんと一緒に居間を出た。

「ご隠居さんはお春ちゃんをとてもかわいがっていらしたから、お気の毒です。あのお春ちゃんがまさか……」

おゑんは複雑そうな目の色をしている。「すでにお聞きかもしれませんが」と言い置き、喜八はお春が捕縛(ほばく)されたことをざっと伝えた。

「おゑんさんの目から見て、お春さんはどうでしたか。お孫さんを騙(かた)っているように思いましたか」

喜八が問うと、「いいえ、まったく」とおゑんは真剣な眼差しで答えた。

「だって、お春ちゃんは銀蔵さんに連れられてきたんですよ。銀蔵さんは病持ちのおかみさんを放っておけないからって、すぐに引き返しちゃったようですが」

おゑんの話に、先日聞いた鬼勘の言葉が引っかかる。鬼勘は、銀蔵が直にお春を岩蔵に託したのかどうか、そこを疑っていた。また、先ほどお春を捕縛した時には、狭山に銀蔵夫婦とお春が今もいると話していた。

「おゑんさんはその時、銀蔵さんにお会いしましたか」

喜八が尋ねると、おゑんは「いいえ」と首を横に振る。

「そもそもあたし、銀蔵さんの顔を知らないんです」

「じゃあ、岩蔵さんはその時、銀蔵さんと顔を合わせたんですよね」

「えっ？」

おゑんは虚を衝かれたようであった。

「岩蔵さんと銀蔵さんはうまくいっていなかったと聞きました。だから、江戸までは一緒に来たものの、岩蔵さんの家の場所をお春さんに教えると、ご自分は顔を見せずに引き返したのかなと――」

「まさか。娘を託すのにそんな真似をするはず……」

そう、本当に娘を自分の親に託そうというなら、銀蔵はそれまで疎遠だった父親に会い、頭を下げたことだろう。だが、それは本物の銀蔵だったらの話だ。

鬼勘の睨んだ通り、あのお春が偽者だったとしたら――？　銀蔵はそこまで来たが引き返したという体で、岩蔵を騙したのかもしれない。そして、岩蔵はそれを信じて、お春を受け容れてしまった……。

「でも、お春ちゃんはご隠居さんの面倒を本当によく見ていたんですよ」

おゑんが困惑気味に言い出した。

「近頃は物忘れが出始めちゃって、ご隠居さんがお春ちゃんを預かるっていうより、お春ちゃんがご隠居さんの面倒を見ているような感じで。ご隠居さんは少し偏屈なところもありますし、若い子が相手をするのは決して楽じゃなかったと思うんですけど、嫌な顔一つ見せずにねえ」

おゑんも、お春のことを本物と信じたいようであった。

「では、俺たちはこれで」

ひとまず、岩蔵の食事のことはおゑんに任せ、喜八と弥助は店へ戻った。それから急いで、松次郎の用意しておいてくれた握り飯を食べ、七つには暖簾を掲げる。

その後も、数多く入る注文をこなすうち、やがて薫そうめんは品切れとなり、谷中生姜もすべてなくなってしまった。

曇っていた空も日暮れ時には晴れてきて、夜は星が見られそうである。

鬼勘がこの日二度目にかささぎを訪れたのは、暮れ六つからだいぶ経ち、いよいよ暖簾を下ろそうという時であった。配下の侍は連れていない。その代わり、なぜか儀左衛門と六之助を伴っている。

たまたまそこで会ったのかと思いきや、そうではなく、二人は鬼勘に呼ばれて連れ出されたということらしい。

「どういうことですか」

尋ねても、儀左衛門と六之助はくわしい話を知らぬそうで、鬼勘もしばらくは無言を通している。

とりあえず、三人ともそうめんを頼むというので、それを供し、他の客がいなくなるまでは特に何の話もなかった。やがて、三人が無言の食事を終えた後、

「皆に、ちと頼みたいことがある」

と、鬼勘が言い出した。

何やら物々しい様子に、喜八と弥助はもちろんのこと、松次郎まで片付けの手を止めて、客席の方へ現れた。

それから、鬼勘はある一計を語り出した。喜八たちは無言でその話を聞いた。話が終わった時、息を止めていたことに気づいて、思わず深呼吸する。

「やってもらえるな」

やがて、鬼勘は一同の顔を見回しながら、おもむろに問うた。その眼差しは最後、喜八のところで動きを止める。喜八は鬼勘の顔を見据え、ゆっくりとうなずき返した。

第四幕　春栄東鑑（あずまかがみ）

一

七夕から六日後となる十三日、岩蔵はおゑんに見送られて、木挽町へ出かけた。この日、山村座では新しい芝居がかかるそうで、かささぎの若旦那（わかだんな）から桟敷席（さじきせき）へ招待されたからだ。芝居小屋と密接な大茶屋ならともかく、どうして小茶屋の若旦那が桟敷席を奢（おご）ってくれるのか疑問だったが、言伝（ことづて）に来た弥助から、

「若旦那の叔父さんが山村座の藤堂鈴之助なもので」

と、教えられた。そのことは初耳だったので驚いたが、かささぎの客にはよく知られたことだという。

そういえば、たいそうな男前だったなと若旦那の見てくれを思い出し、岩蔵は納得した。

新しい芝居には心が動かぬわけでもないが、お春がいなければ何に対してもやる気が起こらない。おゑんがうるさく言うので、食事だけはしていたが、どれも味がしなかった。

そんな状態であったから、芝居への関心も乏しく、岩蔵は断ろうとしたのだが、それより先に「必ず出かけてくださいね」と弥助から念を押された。

「かささぎにもお寄りくださいさい。芝居は昼の八つ（午後二時）に幕開けですから、九つ半（午後一時）くらいには店の方へお越し願えると助かります」

弥助はそれだけ言うと、帰っていってしまった。その通りにしようという気もなかったが、

「少しは、お出かけになった方がいいです」

おゑんがさかんに勧めてくる。結局、断りを入れるのも億劫になってしまい、岩蔵は当日、かささぎへ出向くことにした。

おゑんが「お一人で大丈夫ですか」などと訊いてきたが、大丈夫に決まっている。もともとお春がやって来るまで、自分はいつも一人で出かけていたし、芝居小屋にも足を運んでいたのだ。

（お春……）

あの強面の中山勘解由に捕らわれたお春の身を思うと、不安でたまらなくなる。

間違いならすぐに戻されるはずだと皆が言ったが、帰宅はおろか、役人から知らせが入

ることもなかった。また、お春の付き添いだったおそねは、お春の捕縛と同時に姿を消し、いまだ音沙汰もない。

　七月七日以来、家の外に出てみると、外の光はまぶしかった。昼の陽射しはまだ強いが蒸し暑くはなく、吹き付ける風も初秋のさわやかさを含んでいる。

「いらっしゃいませ」

　かささぎの暖簾をくぐると、思いがけない女の声に迎えられた。

　岩蔵がかささぎの客となったのは今年からだが、そういえば、去年までは女将がいたと聞いたことがあった。それにしても、若旦那も弥助も不在とはどういうことかと思いながら、店の中を見回していると、

「ご隠居さん、お久しぶりです」

　と、奥の席の男が立ち上がって声をかけてきた。

「おや、お前さんは……長助さんといったかね」

　前に芝居小屋の桟敷席で隣り合わせた男である。同じ日、かささぎでまた顔を合わせ、相席となった。

「どうも。女将のもんと申します。あちらさんとお待ち合わせですか」

　女将が近付いてきて挨拶した。

「いや、そういうわけではないが」

と、岩蔵は答えたが、長助が「こっちでご一緒にいかがです」と声をかけてくれたので、また相席させてもらうことにした。

長助には連れの男がいて、

「長助さんと同じ神田佐久間町から来た三郎太といいます」

と、挨拶してきた。

「丸屋町の岩蔵だ」

岩蔵も挨拶を返し、三郎太と向かい合う形で、長助の隣に腰を下ろした。

腹は空いていなかったので、岩蔵は茶だけを頼んだ。三郎太と長助の前にも今は湯飲み茶碗だけが載っている。

「ご隠居さん、ここの若旦那からお芝居に誘われたんですよね」

長助が訊いてきた。

「その通りだが、どうしてそれを？」

訊き返すと、三郎太と長助も今日の芝居に招待されたという。何でも二人が暮らす佐久間町に、昔、若旦那が住んでいたことがあり、三郎太はその頃からの馴染みなのだそうだ。

「私まで、三郎太さんのお供でお招きいただいて」

長助は嬉しそうに言うが、その様子を見ていたら、岩蔵は不快になった。

長助が悪いのではない。ただ仕合せそうな人を前に平然とかまえていることが、今の岩蔵には難しかった。

「私はどうして誘われたのか、とんと見当もつかないが、もしかしたら孫娘を失った寂しさを哀れんでもらえたのかもしれないね」

棘のある言い方をすると、長助はきまり悪そうにお気楽な顔を伏せた。

「……お話はちらと耳にしました。何とも、お気の毒さまです」

「あれは何かの間違いだ。お春は必ず帰ってくる」

岩蔵は己の信ずるところをきっぱりと述べたが、長助も三郎太も言葉を返してはこなかった。岩蔵はおもんの運んでくれた茶を一口飲むと、

「私は帰る」

と、立ち上がった。もともと乏しかった芝居見物への熱意はもうすっかり冷めていた。

「お待ちください」

岩蔵に遅れて立ち上がった三郎太が慌てて言う。

「若旦那から、岩蔵さんを芝居小屋へお連れしてくれと頼まれていましてね」

「行くか行かないかを決めるのは、私だ。どうして若旦那やおたくから、無理強いされなけりゃいけないんだね」

岩蔵は少し声を荒らげた。

「……その、無理強いしようというわけではありませんが」

三郎太の声は困惑気味に小さくなる。いずれにしても、若い男どものいいように動かされるのは気に入らない。振り切って帰ろうとしたところ、

「ご隠居さん」

と、声をかけてきたのはおもんであった。

「まあまあ、お話は立ってするもんじゃありませんよ。三郎太さんも、とにかくお座りになってください」

おもんは岩蔵と三郎太の顔を見ながら、あやすように言う。三郎太は素直に座ったが、岩蔵は従わなかった。

「私は帰るところなんだがね」

「ご隠居さんは今日のお芝居の演目をご存じですか」

おもんが突然訊いてきた。

「それは、聞いていないが……」

「お帰りは、聞いてからでも遅くはありませんでしょう?」

おもんから言われると、どうにも断り切れず、岩蔵は再び腰を下ろしてしまった。

「今日の演目は『春栄東鑑』というんです」

おもんは岩蔵たちの席の横に立って告げた。

「春栄……?」

と、長助は首をかしげているが、三郎太は無言である。

「ご隠居さんは能の『春栄』をご存じですか」

おもんから訊かれ、岩蔵はうなずいた。

「見たことはないが、話の中身は知っている」

まだ商いをしていた頃、得意先に謡曲(ようきょく)をたしなんでいる旦那がいて、聞かされたことがあった。

「長助さんはご存じないようですから、ご隠居さんから教えて差し上げてくれませんか」

「私より、三郎太さんが教えてやればいいんじゃないかね」

そっけなく言葉を返すと、「いや、それが……」と三郎太は申し訳なさそうに頭をかいた。

「私は演目の名こそ聞いてましたが、話の中身は知りませんで」

それならと女将へ目を向けると、心得たふうに微笑(ほほえ)み、

「女のあたしが賢(さか)しらぶるより、ご隠居さんからお話しくだすった方が、こちらのお兄さん方も喜んでお聞きになれると思うんですよ」

と、言う。三人から頭を下げられると、それ以上我を張ることもできず、岩蔵は少し冷えた茶を一口飲み、渋々語り始めた。

「春栄とは、侍の名前でな。とある負け戦(いくさ)で、春栄は高橋権頭(たかはしごんのかみ)という者に捕らわれてしま

うのだ。それを知った春栄の兄の種直は対面を願い出るが、春栄の方は『あれは自分の兄ではない。ただの従者にすぎん』と言い張って兄を庇う。一方、兄の種直も、首を刎ねられる弟の身代わりになろうとするが、それは認められなかった。ついには、二人して死を覚悟するのだが、その直前に赦免の使者が訪れて、共に命を拾うという話だ」

「よかった。兄弟そろって助かるんですね」

長助がほっと安堵の息を吐く。

「今日のお芝居は、それをもとに作られた話なんですか」

三郎太がおもんに目を向けて問うと、

「あたしも今日のお芝居については、聞いていないんですよ」

おもんは艶然と微笑んだ。

「御覧になって、能の春栄がどんなふうに生まれ変わったのか、あたしにも教えてください。生憎、喜八も弥助もいなくて、ここを抜けられませんのでね」

「そういや、若旦那たちはどうしていないんだね」

店へ入ってきた時に感じた疑問を、岩蔵はおもんに投げかけた。だが、「ええ、ちょいと用向きで」という曖昧な返事である。

結局、このおもんにうまく乗せられた形で、岩蔵は三郎太、長助と共に芝居小屋へ出向くことになった。

若旦那から事情を聞かされているらしい三郎太が、岩蔵たちを桟敷席へと案内する。

岩蔵は長助と隣り合って座ったが、その時、長助が妙にそわそわしていることに気づいた。

「どうかしたのかね」

「あちらのお侍さまが、妙にこっちを見てこられるので」

と、長助はうつむき加減になって答える。長助が目で示す左側の桟敷を見ると、二つほど離れた席の侍が確かにこちらをじっと見つめてきていた。

「あれは……」

岩蔵は絶句した。お春を連れていった中山勘解由ではないか。

「ああ、中山さまですね」

三郎太も気づいて呟いた。岩蔵は不快だったので、中山勘解由からすぐ目をそらしたが、そこへ「どうしたんです」と、三郎太の声がかけられる。

岩蔵は顔を向けたが、三郎太に話しかけられたのは長助であった。立ち上がろうとする長助の袖を、三郎太がつかんでいる。

「申し訳ない。急に用事を思い出したので、私はこれで」

と、長助は慌てた様子で言うのだが、

「何を言っているんです。今日の芝居見物はご主人から言いつかったことでしょ。もう芝居が始まりますよ」

　三郎太は決して長助の袖を離さなかった。

「それより、あまり目立たないでください。中山さまがこちらを睨（にら）んでいるじゃありませんか」

　三郎太の言葉に、長助はびくっとなると、中山勘解由の方をうかがうように見た。つられて岩蔵が目をやると、中山勘解由の鋭い眼差（まなざ）しは確かにこちらへ向けられている。心なしか、長助をじっと見ているようでもあった。長助もまた恐れ入った様子で、中山勘解由から目をそらしてしまう。その時、

　カーン、カン、カン、カン……。

　柝（き）の音（おと）が鳴り、舞台の幕が開けた。

二

　能の「春栄」から、舞台は戦場跡かと思いきや、岩蔵の予想は大きく外れた。『春栄東鑑』の一場はどこぞの店の中のようである。並べられているのは刀剣や兜（かぶと）の類（たぐい）で、店の奉公人が商いの品を検（あらた）めていた。

「喜八さんよ」

「若旦那、よっ、かささぎ屋」

一階席から声がかかる。かささぎ屋とは何だ、と思ったが、見れば舞台で奉公人に扮しているのは、岩蔵も知るかささぎの若旦那であった。今日は店に姿が見えなかったと思いきや、あんなところにいる。

あの若旦那が役者だなんて聞いていないぞと思いながら、岩蔵は目を凝らした。

「失礼します」

その時、舞台上の店の中へ客がやって来た。

「弥助さんもやっぱり出てるわ」

「待ってました」

と、この時もにぎやかな声がかかった。うるさくて、話の中身に集中できないことに苛々しながら、これ以上客席がざわつかないことを岩蔵はひそかに願った。

「これは、いらっしゃいませ。何の御用でしょうか」

と、喜八演じる奉公人が顔を上げる。この時、弥助演じる客の男は少し不自然なほど長い間、じっと黙って奉公人の顔を見ていたが、

「どうかなさいましたか」

と、奉公人から訊かれると、「あ、いや、何でもありません」とごまかした。

「申し訳ありませんが、私は買い物をしにきたわけじゃないんです。実は、行方知れずの

妹を捜していまして。この町の店へ奉公に出たことしか、分からないのですが」

「そうですか。妹さんの名は何とおっしゃるんです」

「お春――と申します」

弥助のせりふを聞き、岩蔵は思わず腰を浮かしかけた。

なぜ「お春」なのだ。その名は意図して付けられたものか。自分や中山勘解由が見ている芝居で、お春などと――。

しかし、岩蔵の驚きが覚めやらぬうちに、芝居はどんどん先へ進んでいく。

「生憎ですが、うちの店にお春という女中はおりませんね」

「では、近所の店に奉公している話は聞きませんか」

「さあ、それも……」

「名を変えているかもしれません」

「では、お春さんはどういうお方なんです。年格好などお聞きしないと……」

「齢（よわい）は十五。女にしては背が高い。そう、おたくくらいはあるだろう」

「そりゃあ、背の高い娘さんですねえ」

弥助が演じる客の男は必死に訴え、喜八が扮する奉公人はのらりくらりとかわしている。

そんな二人の掛け合いの後、どこまでも帰ろうとしない客に困り果てた奉公人が、

「それなら、うちの主人を呼んでまいりますので、お待ちください」

と言い、この店の主人が連れてこられた。また、客席がざわつくのかと思いきや、そういうことはなく、この時はしんとしている。

現れた主人は羽織姿があまり似合っておらず、大工の格好でもさせた方が似合いそうなごつい体の役者であった。配役の失敗ではないかと思っていると、

「どうも、高橋屋の主です」

と、主人が名乗った。

「私は、増尾種直と申します。妹のお春を捜していて、こちらの奉公人さんにお話を伺っていたのですが……」

と、客も名乗り、この後、喜八演じる奉公人の名が春栄ということも明かされる。

「うちに、お春という娘はいませんよ。お疑いなら、奥で女中たちの顔を確かめてくだすってかまいませんがね」

「いえ、そこまでは……」

高橋屋の主人に強く出られ、種直はいったん引き下がる。

「そもそも、お春さんとやらがどうして兄のあなたを避けなければならないんです。あなた、本当にそのお春さんの兄さんなのですか」

逆に高橋屋の主人から疑われそうになった種直は、「失礼しました」と慌てて店を出ていった。

「あの男を、二度と店の中へ入れるな」

と、高橋屋の主人は言い置き、奥へと下がる。そして、舞台に一人残った春栄は「兄さん……」とつらそうな声で呟く。その時の切なそうな立ち姿は、見る者の心にぐっと迫ってくるものがあった。

一場が終わると、次は同じ店の真夜中と思われる場面となった。

春栄が現れ、店の中をあれこれ物色している模様。やがて、

「あった」

と、春栄が箱を引き出してきた。それを開けると、中からは山吹色に輝く小判が現れた。

「高橋屋さんにはお世話になった。旦那さんも厳しいけれど、いい方だ。けれども、うちには病で寝ているおっ母さんがいて、兄さんは体が弱くて奉公には出られない。おっ母さんの薬を買うためにはどうしてもお金が……」

春栄はそう呟くと、自ら用意してきた布袋の中に、箱の中の小判を詰め始めた。

「何者だっ！」

その時、舞台の袖の方から鋭い声がかかり、提灯を持った男が現れる。店の者に気づかれたのだ。

春栄は逃げようとするが、小判の入った袋を担いでのことなので、どうしても速く走れない。舞台の右と左の双方から追い詰められ、やがてつかまってしまった。

春栄は手首を縄で縛られ、高橋屋の主人の前に引き据えられる。

「春栄よ、お前がこんな真似をするなんて」

高橋屋の主人は衝撃を受けた様子で、頭を抱えてよろめいた。春栄はしばらくの間、うなだれていたが、やがて顔を上げると、

「旦那さん、言い訳などはいたしません。私を奉行所にお引き渡しください」

と、毅然とした態度で告げた。

「その前に、お前がなぜこんなことをしたのか、きちんと聞かせてくれ。何か理由があったのだろう」

高橋屋の主人は何とか春栄を救おうとするのだが、春栄の方はもう観念している。その後、主人と春栄の掛け合いがくり広げられるも、春栄の考えは変わらず、ついに主人もあきらめた、

「最後に一つだけお願いがございます。そのような立場ではございませんが」

春栄がいよいよという時になって、高橋屋の主人に申し出た。

「先日現れた増尾種直という男がまた来るかもしれません。その時、私のことを『自分の身内だ』と言い出すかもしれませんが、何の話か分からぬと突っぱねてください。増尾種直の言い分を聞き、力を貸してやろうなどとおっしゃらぬよう、お願いいたします」

春栄の言葉に、高橋屋の主人は仰天する。

「春栄よ。お前はまさか――」

と、高橋屋の主人が言った時、役人たちが現れ、春栄を引っ立てて連れていってしまった。

「あの侍の捜していた妹だったというのか。ならば、お前は女で、本名はお春……。女が男並みに働くのはどんなに大変だったろう。お前がそんな真似をしたのには、何か理由があるだろうに」

残された高橋屋の主人は思い悩みながら、舞台の袖へと引き揚げる。こうして、二場は終わった。

続く三場は、春栄の予想通り、増尾種直が再び現れ、春栄はお春ではないかと言い出した。種直と対面した高橋屋の主人は、種直を春栄に会わせてやろうと役人に金を握らせる。そして、種直は姿も改め女の格好となったお春と、牢屋敷の庭先で対面を果たした。

(何と、あれがかささぎの若旦那か)

目を疑うような喜八の変貌ぶりに、岩蔵は驚いた。

先ほどまでの手代姿は、初めこそ驚いたものの、その後は淡々と見ていたが、女形となった今の姿は自然と目がひきつけられる。派手な格好ではなく地味な絣の小袖姿だというのに、お春役の喜八は麗しかった。

「お春、お前なんだな」

と、種直は震える声で訊いた。

「あなたのことなど知りません」

お春は今なお、知らぬふりをし続ける。

「あの時は男の形をしていたので分からなかった。兄さんを許しておくれ」

「私は春栄。ずっと男として生きてきました。今はこうして女の形をさせられていますが、春栄より他に名など持ってはおりません」

お春は種直を見ようともせず、どこまでも自分の素性を認めなかった。

「何を言う。お前と私、たった二人の兄妹ではないか。元はれっきとした武家の増尾家。しかし、父は亡くなり、病の母を抱えて、我らは養子に行くしかなかった。身分違いの商家へ入るは本意ではなかったが、母の面倒を見てくれるという口車に乗り……」

種直の口を通して、二人の素性が語られる。

二人は商家の養子となったものの、養家では元武士の身分も役には立たなかった。養家の主人は兄妹を使用人のように扱う。種直は体が弱く、養家の仕事も手伝えぬため、特に粗末に扱われた。

そのうち、養家の主人は美しくなったお春を遊女屋へ売ろうとし、お春も母と兄の面倒を見てくれるのならと、その話に乗ろうとする。だが、種直に「それだけはしてくれるな」と泣きつかれ、遊女にならぬのなら兄の代わりに働こうと、お春は男のふりをして高橋屋へ奉公に出たのだった。

「おそらく、あの強欲な養い親から、奉公の前金だけでは足りぬと言われ、お前は高橋屋さんの金に手を付けてしまったのだろう。あの日、高橋屋さんを訪ねた私に、知らぬふりをしたのも、あの時にはもう盗みをすると決めていたからなのだな。私は奉行所にお前の兄だと名乗り出る。そして、罪はお前のものではなく、私のものと言うつもりだ」

種直の言葉に、お春は憤る。

「何とわけの分からぬことを言う人なんです。あなたのことなど知らないと、何度言えば分かるのか。もう二度と私の前に現れないでください」

お春はそう言って去っていき、種直は「お春、待ってくれ」と叫ぶが、役人たちに阻まれてしまう。

「お春、どうしてお前だけが苦しまなければならないのか。いつだってお前だけが……」

種直の嘆きと共に三場は終わり、次はいよいよお白洲（しらす）の場。

奉行所の役人の前に引き据えられているのは、お春だが、その後ろには種直と高橋屋の主人、そしてもう一人、初めて登場した男がいる。それは、種直とお春の養父小太郎（こたろう）であった。

お白洲の場では、お春ももはや素性をごまかすことはせず、お春であることを認めた上、高橋屋の金を盗もうとしたのは自らの浅慮であると述べた。

続けて、種直がお春の素性を語り、高橋屋が春栄として働いていた頃の様子について語る。最後に、小太郎が問いただされることになった。

「小太郎よ、おぬしはこれなる種直とお春の養父で相違ないな」

「相違ございません」

「お春が高橋屋へ奉公に出るのを認め、その前金を受け取ったにもかかわらず、実の母の薬代がそれでは足りぬと、さらにお春に金を無心したことも間違いないな」

「無心したとは心外でございます。金が足りぬことは申しました。このままではどうすることもできぬと告げただけでございます」

「その際、お春に高橋屋の金に手を付けるよう、おぬしが指図したのではあるまいか」

「さようなことは断じてございません」

こうして問答が進んでいき、いよいよ盗みはお春一人のしわざであるとされ、裁きが言い渡されようという時、役人が「あいや、しばらく」と登場する。その役人はお春たちの母を診ている医者を連れてきたのだった。

町奉行はお春の母の病を尋ね、処方した薬とそれにかかった費用を医者が述べる。その中には値の張る人参もあったのに、お春の母に処方されていないこと、また高橋屋からの前金の額からすれば、お春の母の薬代は十分に賄えていることが明らかにされた。

「お春の養父、小太郎よ」

　そこではじめて、町奉行の厳しい目が小太郎へと注がれた。

「おぬしがお春に偽りを述べ、さらに金を出させようとしていたことは明らかだ。その上で問う。お春に高橋屋の金を持ってこいと言ったことはなかったのか」

「……それは、断じて」

「金ならば高橋屋にあるだろうと、そそのかすような言葉も吐いておらぬか」

「…………」

「この小太郎を牢へ入れておけ。この者の詮議は別に行うものとする」

　こうして、小太郎は捕らわれ、町奉行の眼差しは改めてお春へと注がれた。

「おぬしが誰の言葉に動かされ、高橋屋の金に手を付けたのかは分かっておる。母を救おうという志も立派だ。されど、他人のものに手を付けてよいということにはならぬ」

「……はい。本当に申し訳ありませんでした」

　お春はその場に深々と頭を下げる。

「そのことでございますが、お奉行さま」

　高橋屋の主人が声を張った。

「私はお春とその兄種直殿の事情を知り、二人を養子として迎えたいと考えております。すでに、二人の実母には話をし、その治療にかかる費用も負担すると約束いたしました。そのこと、お許しいただきたく。さすれば、お春が手を付けた金は親の金と相成りましょう。親の金ならば手を付けてよいことにはなりませせぬが、身内のこととして済ませることもできまする」

「高橋屋はこう申しておる。お春に種直、おぬしらはそれでよいのか」

お春は高橋屋に目を向け、「旦那さん……」と涙ぐむ。

「お春よ、よかったな。これもすべては高橋屋のご主人のお蔭です」

と、種直も深く頭を下げた。

「それでは、お春の罪についてはかまいなしといたす。高橋屋は娘をしかと説諭いたすように」

「お奉行さま、ありがたいことでございます」

高橋屋と種直、お春が町奉行に頭を下げる。顔を上げた時、三人は満面の笑顔で、互いの身を抱き寄せ合う。

こうして大団円にて、芝居は幕引きとなった。

三

芝居が終わり、さて帰ろうかとなった時、少し離れた桟敷席にいた中山勘解由の姿はすでになかった。

「帰りに、もう一度かささぎへ寄っていきましょう」

三郎太が言い出したので、「私はかまわん」と岩蔵は答えた。あの芝居の春栄が女であったのは驚いたが、なぜお春という名にしたのか、もしかささぎの若旦那が知っているのなら教えてもらいたい。今の今、芝居に出ていたのだから、すぐに帰ってきはしないだろうが、岩蔵はいつまででも待つつもりであった。

「いや、私はちょっと……」

長助はどことなく追い詰められたような調子で、首を振った。

「そういえば、長助さんは用事を思い出したとか言っていたね」

岩蔵の言葉に「そうです」と長助は力を得た様子で言い、もう行かなければならないと訴えた。

「かささぎには寄っていかれた方がいいと思いますよ」

その時、三郎太が肝の据わった声で言い出した。

「帰っても悶々(もんもん)とするだけでしょう。だったら、いっそのこと、すべてをお天道(てんと)さまの下にさらけ出しちゃった方が、すっきりするんじゃないですかね」

「何の話だね。長助さんには隠しごとでもあるのかね」

長助は返事もしなかったが、代わりに三郎太が「岩蔵さんもかささぎへ行けば、ぜんぶ分かりますよ」とどこか思わせぶりに答えた。

「ふむ。そうかね」

と、岩蔵は受け、それ以上問いただしはしなかったが、長助は少し顔色が悪いようにも見える。

「本当にいいんですか、長助さん。このままお帰りになってしまっても」

三郎太がさらに念押しすると、長助は根負けした様子で、顔を上げた。

「……行けばいいんでしょう」

やや恨めしげな口ぶりで言う。こうして三人はまた連れ立って、かささぎへ戻った。

「あら、お帰りなさい」

と、おもんから笑顔で迎えられ、先ほどと同じ席へと案内される。

「何をお出ししましょう」

三郎太は心太（ところてん）を、岩蔵と長助は茶を頼んだ。長助が思い詰めているので会話も弾まなかったが、岩蔵としても先ほどの芝居の筋書きが気になっていたので、気まずさは特に感じない。

あの芝居では、どうして盗みを働くのが女のお春だったのだろう。話の元になっている能の「春栄」は兄と弟の物語であるのに。

今日の芝居の春栄が女でなければならぬ理由は、特に思い当たらなかった。遊女屋に売られかける話はあったが、そのくだりはなくても大筋に影響はないだろう。

（やはり、詐欺事件を元にしているからか）

事件の詐欺師が女だから、芝居上でも女にしたのかもしれない。だが、そうだとしても、なぜ「お春」なのか。駿河台の詐欺事件では、おみつと名乗っていたと聞くが……。

おもんの運んでくれた茶を飲みながら、岩蔵が物思いにふけっているうち、客が何組か入れ替わった。岩蔵たちより前にいた客は帰っていき、後から入ってきた客がぽつぽつと席を埋めていく。

ただ、芝居見物から帰る人でにぎわいそうな時刻であるのに、さほど客が入ってこないのは妙であった。

そうするうち、がらがらと表の戸が勢いよく開けられた。

「おや、お帰りなさい」

おもんが弾んだ声を上げる。続けて、

「やあ、喜八坊に弥助坊。お疲れさま」

すぐに、三郎太が明るい声を張り上げた。岩蔵は喜八と弥助を見やり、それから何となく長助を見た。長助は喜八と弥助に目をやったものの、慌てて目をそらしている。

「三郎太の兄ちゃん、それに岩蔵さんに長助さん。今日はお芝居を見てくれてありがとうございました」

喜八と弥助はまっすぐ岩蔵たちの席まで来て挨拶した。

「いやいや、初めて見たけど、喜八坊に弥助坊はもうすっかり役者なんだなあ」

三郎太が感心したふうに言い、「いや、役者じゃないけどね」と喜八が答えた。

「役者じゃないって、どういうことかね。ああして舞台に立っていたんだから、立派な役者だろう。茶屋の仕事と掛け持ちしているとは知らなかったが」

岩蔵が言うと、

「いいえ、岩蔵さん。俺も弥助も役者じゃありませんよ。なぜなら、今日のお芝居は山村座の本物の興行じゃなかったんですから」

と、喜八がおもむろに答えた。

「本物の興行じゃない？　それはどういうことかね」

「芝居小屋が空いている時にお借りして、勝手に芝居をさせてもらったわけです。本物の役者さんも出てましたが、俺たちは素人。お客さんも、うちの店の常連さんとか、事情を知ってるこの町の人とかばかりでしてね」

「本物の興行でもないものを、どうしてあんなふうに演じる必要があるんだね」

ますますわけが分からなくなって、岩蔵は困惑顔で訊いた。

「それは、岩蔵さんと長助さんに見てもらうためですよ」

「私と長助さんに――？」

それまで下を向いていた長助も、その言葉には顔を上げていた。

「お二人とも、それぞれ思うところがあったんじゃありませんか」

喜八は岩蔵と長助の顔を交互に見やりながら問う。岩蔵と長助は互いに顔を見合わせた。だが、長助の思うところなど岩蔵には分からなかったし、長助も同じだろう。

「まあ、ゆっくりお話ししようじゃありませんか。そのために、芝居が終わった後、うちの店に寄ってもらったんですから」

と、喜八は言い、岩蔵たちの席と通路を挟んだ向かい側の席に腰を下ろした。弥助もまた、喜八と同じ席の向かい側に座る。

「まず、岩蔵さんから」

と、喜八は向かい合う形の岩蔵に目を据えて切り出した。

「岩蔵さんの物忘れですけど、あれ、ぜんぶ作りごとですよね」

「…………」

「岩蔵さんこそ、役者みたいにお芝居をしていたんでしょ。物忘れになったご老人のふりをして」

喜八は瞬き(まばた)一つせずに、岩蔵をじっと見つめてくる。すっかり見抜かれていたのなら、もうこれ以上はごまかすこともできまい。

「ああ、その通りだよ」

と、岩蔵は返事をし、大きく息を吐き出した。

「この店で、死んだ女房を探すふりをしたのも、外出した際、道が分からなくなったふりをしたのも、ぜんぶつくりごとだ」

「それって、お春さんに……いえ、お春さんを名乗っていたあの娘に、見せるためだったんですよね」

「ああ、そうだよ」

岩蔵は苛立ちをぶつけるように言った。もっとも、誰に苛立ちをぶつければよいのかは自分でも分からない。ただ、無性に腹が立った。自分からお春を奪った中山勘解由も、お春がいなくなって冷静さを失っている自分も、そんな自分を試すような真似をした喜八や弥助のことも。

「お春さんが偽者だということは、いつ分かったんですか。いえ、そもそも、倅の銀蔵さんがお春さんを連れてきたって話が嘘ですよね」

「お春はこう言っていた。銀蔵は板橋宿まで送ってくれたが、そこから引き返した。私に会うのが気まずくて意地を張って帰ったとね。まあ、あの倅ならさもあろうと思ったし、なかなか上手くこしらえている。しかし、それがぜんぶ嘘だということは、初めから分かっていた。お春が私の孫娘なんかじゃないこともな」

「どうして分かったんですか」

「倅の一家が秋になったら会いに来るなんて話が、そもそも私のつくりごとだったからだよ」

　ずっと隠していたことを吐き出してしまうと、心が軽くなったような気がした。

　そう、最初に嘘を吐いたのは自分だった。あの時、この店で自分の陰口を叩いていた連中に一泡吹かせてやりたくて、口から出まかせを言ったのだ。

「初めは、私の嘘に気づいた性悪な連中のいたずらかと思った。だが、途中から詐欺師かもしれんと疑い始めた。お春に付いてきていたおそねという女が、私の持ち物を漁っているのに気づいたからね。奉行所に突き出してやろうとも思ったんだが、物を盗まれたわけでもない。それで、ちょいと油断させようと、物忘れのふりをし始めたんだが……」

　岩蔵はいったん口をつぐんだ。お春を名乗るあの娘は自分を騙そうとしていた。自分もまたあの娘を騙していた。いったい、自分たちは何をしていたのだろう。今さらながら同居の日々の奇妙さが胸に迫ってくる。本当に自分でも信じられないことになってしまった。自分を騙そうとした小娘にほだされることになろうとは――。

「お春は……いや、あの娘は本当に私の面倒をよく見てくれた。惚けたふりをしているだけなのに、本気で心配してくれてね」

「お春さんが詐欺師なら、それも見せかけだったのではありませんか」

　喜八がまっすぐな眼差しを向けてくる。

「いや、あの娘は夏の暑い空の下、私を捜し回ってくれたんだ。こっちは、木陰でのんびり休んでたっていうのにさ。雨の中、傘もささずに歩き回ってくれたこともあった」

見せかけではなかった——と思う。いや、そう信じたい。岩蔵がほだされたように、あの娘も偽りの暮らしに安らぎを見出していたのではないか、と——。

「あの娘は確かに詐欺師かもしれん。だが、性悪な娘じゃない。何かよんどころない事情があるのだろうと思った。そこで、こっそり人を雇って調べさせたんだよ。私はね、あの娘が病の母親を抱えていることまでは突き止めていた。きっと、あの娘は母親の薬代を稼ごうとして……」

「確かに、あの娘には事情があったのかもしれません。でも、駿河台のご隠居を騙して、お金を奪ったのは事実なんです。まあ、そのご隠居もあなたのように、おみつは自分によくしてくれたと言っているそうですが」

「なら、それでいいじゃないか。あの娘は、私らみたいな寂しい老人に優しくしてくれた。その対価に金をもらった。それだけのことだろう」

「しかし、駿河台のご隠居のお身内は、許せないとおっしゃっているそうです。それに、あの娘だけに罪をかぶせるわけにはいかないでしょう。あの娘には仲間がいたんですから」

「おそねのことかね」

岩蔵は力なく呟き、下を向いた。

「あの女には逃げられてしまったよ。どこへ行ったのか、見当もつかない」

「話はまだ終わりではありませんよ、岩蔵さん」

喜八はよく通る声で告げた。

「今しばらく、話をお聞きください」

思わず顔を上げると、喜八の眼差しはいつしか、岩蔵を通り越して、その脇に座る長助へと向けられていた。

四

岩蔵から話を聞くのは、前座のようなものである。大事なのはこれからだと、喜八は気を引き締めた。

幸い、長助は奥の席に座っている。長助の左は壁で、右側が岩蔵の席だ。外へ出るには岩蔵に席を立ってもらう必要があり、これならば逃げ出すことはできない。

「さて、長助さん」

喜八は通路の方へ少し身を乗り出し、長助に目を据えて呼びかけた。

長助は観念した様子で顔を上げたが、喜八と目が合うと、すぐにそれをそらしてしまった。

「あなた、妹がいますよね」

長助の返事はない。喜八はかまわずに語り続けた。

「それもただの娘じゃない。本名こそ知られちゃいないが、今じゃちょっとした評判の娘だ。何たって、駿河台のご隠居を騙して金を奪った女なんだから」

長助はずっと無言のままであったが、

「若旦那、その娘って……」

と、震える声で呟いたのは岩蔵だった。

「それって、まさか」

岩蔵は腰を浮かして、喜八の方に身を乗り出しながら言う。

「ええ。岩蔵さんがお春と呼んでいた娘のことですよ。長助さんの妹かどうかは、ご本人にお尋ねください」

岩蔵は振り返って長助を見据えたが、長助はうつむいたままである。

「長助さん、本当なのか。あんたはあの娘の兄さんなのか」

まったく応じようとしない長助に苛立った様子で、岩蔵は長助の肩をつかみ、激しく揺さぶった。だが、それでも長助は顔を上げなかった。

「あの娘に母親がいることは突き止めた。兄のいることも分かっていたが、家を出て、今どうしているか分からないという話でね。母親と妹を捨てたろくでなしかと思っていたんだが……」

岩蔵は誰に言うともなく呟いたが、口を閉じた時には長助の肩から手を離していた。再び深く座り直し、大きな溜息を漏らす。

「いったい、どういうことになっとるのかね。さっきの芝居といい、今の話といい」

「今にはっきりしたことが分かりますよ」

と、喜八がなだめるように言ってからほどなくして、表の戸ががらがらと開けられた。

「あ、ほら、お出でになりました」

喜八はその場で立ち上がる。入ってきたのは、鬼勘であった。さらに、鬼勘の後ろからは、横幅のある四十路(よそじ)ほどの男が現れた。

「邪魔するぞ」

という鬼勘に、「ご苦労さまです」と喜八は挨拶した。

「やや、あなたがこの店の若旦那、つまりは大八郎親分の息子さんでいらっしゃいますか」

鬼勘の後に続いた大男が何やらはしゃいだ声で言う。

「前橋屋さん」

と、声をかけたのは戸口の方を向いて座っていた三郎太で、その時にはそれまでうつむいていた長助も、驚いた様子で振り返っていた。

「ああ、これは吉川屋の若旦那。この度はとんだご迷惑を」

と、前橋屋の主人は三郎太に頭を下げた。

「かささぎの若旦那と皆さんにもご迷惑をおかけしました。お話ししたいことはたくさんありますが、まずはそこの長助を何とかしなけりゃですね。おおよそのところは、中山さまからお聞きしました」

前橋屋は一人でぺらぺらしゃべっていたが、鬼勘は特に口を挟む様子もなく、しゃべらせておくつもりのようである。喜八は特に口を挟まず、成り行きを見守ることにした。

「長助よ」

前橋屋は長助に目を据えて呼びかけた。声の調子がすっと冷えたように、喜八には感じられた。

「お前はとんでもないことをしてくれたね」

前橋屋の叱責（しっせき）を受けた長助は、ぶるっと身を震わせると、再び目を伏せてしまう。

「お前の妹があちこちで詐欺を働いたと聞いた。その上、お前がそれを手伝っていたそうじゃないか。お前が騙しやすそうなご老人を見つけて段取りをつけ、妹がご老人の近しい人になりすまして金を出させる。そう、中山さまからお聞きしたよ」

「…………」

「お前の妹はまだ何も吐いていないそうだ。このままでは拷問（ごうもん）にかけられるかもしれないね。しかし、妹にすべての罪を着せ、お前が知らんふりというわけにはいかんだろう」

「拷問……」

「そうだ。お前が知っていることはすべて話し、妹の罪を軽くしてやるがいい」

長助が蒼ざめた顔を上げ、前橋屋をじっと見つめた。

「おっ母さんのことは……」

長助の言葉が終わらぬうちに、「中山さま」と前橋屋が声を張り上げる。

「長助めを引っとらえてください。どうぞ、こやつに厳しいお仕置きをお願いします」

すると、今度はその前橋屋の言葉が終わらぬうちに、

「おっ母さんのことは、どうかよろしくお願いします！」

と、長助が前橋屋の声に負けぬ大声で、叫ぶように言った。それまでの打ち沈んでいた様子からは、予想もつかぬ激しい物言いだった。勢いに任せて立ち上がり、目を血走らせた長助は、追い詰められて破れかぶれになったようにも見えた。

「何を言うんだね」

前橋屋がそれまでよりも一段と冷えた声を出す。

「お前がうちへ奉公に来た際、母親の薬代を出してやると言った。ただし、それはお前が働いて返すという約束だったはず。お前がこの先働けないなら、どうして私が母親の面倒を見なくちゃいかんのだね」

「何だと。あんたがそういうことを言うんなら、俺だって」

長助の目が一瞬で怒りに燃え上がる。その途端、前橋屋はころりと態度を変えた。

「まあ、待ちなさい。話は最後まで聞くものだ」

その声の調子は、喜八や三郎太を相手にしゃべっていた時と同じようなものになっている。

「これから罪をしっかり償うというなら、お前が不在の間、私が母親の面倒を見るのはかまわん。すべてはお前の心がけ次第だ。お前に罪を償う気持ちがないと聞いたら、母親への援助もそこで終わりとする。私の言うことが分かるな」

最後の念押しだけは少し声の調子が違っている。長助に向けられた前橋屋の目は鋭く狡猾そうであった。一方、怒りに燃え上がっていた長助の目は、いつしか火が消えていた。

長助は静かに目を伏せると、

「分かっています」

と、淡々と答えた。

「前橋屋の手代、長助」

それまで黙っていた鬼勘が不意に凄みのある声で、長助に呼びかける。

「へえ」

長助は立ったまま素直に答えた。

「駿河台に暮らす元万年堂主人、庄三郎を騙し、金を奪った事件に、おぬしは関わっておるな」

「へえ」

「お前の妹が庄三郎を騙すのに、力を貸したのだな」

「へえ、間違いございません。いえ、俺が妹に指示してやらせたんです。妹はただ俺の指示に従っただけなんで、どうか寛大なお裁きをお願いします」

長助は鬼勘に頭を下げた。

「おぬしが妹に指示をしたとな。さもあろう。若い娘が一人でできることではない」

鬼勘はゆっくりと言う。

「では、そのおぬしが誰かから指図を受けたことはないのか」

「………」

「どうなのだ」

鬼勘の鋭い声が店の中に響き、長助がぶるっと身を震わせる。だが、長助が鬼勘に目を向けることはなかった。そして、「中山さま」と前橋屋が声を上げる。

「早く長助めをお連れください」

「待ってくれ！」

その時、声を張り上げたのは岩蔵であった。

「長助さんと妹は、私からも金を騙し取ろうとしていたんだろう。だが、私のところに来たのは若い娘だけじゃない。その付き添い役の女中がいたんだ。あの女にも長助さんが指示をしていたのかね」

どうにも解せないという顔つきで、岩蔵は長助を顧みる。

「あの女は別に私たちの仲間じゃありません。金で雇って、妹に付き添う女中のふりをしてもらっただけです。くわしいことは知りゃしませんよ」

長助はそっけなく言った。

「それはおかしい」

と、岩蔵は確かな口ぶりで反対する。

「あの女は、私とお春……いや、お春に扮した娘が出かけていた時、家の中をあれこれ探っていた。私はそのことに気づいていたんだよ」

「なら、ちょいと手癖の悪い女だったのかもしれませんね。私も素性を確かめて雇ったわけじゃありませんから」

「私の目には、あのおそねという女が指図役、さもなくば、お春の見張り役だったように見えたんだがね」

「そう言われたって、私には……」

長助の声は心なしか小さくなり、その口は閉じられてしまった。最後は無言で首を振る。

そんな長助を前橋屋は早く引っ立ててくれと言う。

「お春はね！」

その時、岩蔵が声を震わせて叫んだ。

「お春と名乗っていたあの娘は、詐欺なんかをする娘じゃないんだよ。私には分かる。ほんの少しの間だけれどね、一緒に過ごしていりゃ、心根のありようはごまかしが利かないんだから」

やりきれないというふうに、岩蔵が拳で台を叩く。湯飲み茶碗がかたかた音を立てて揺れ、三郎太が慌てて手で押さえた。

五

岩蔵が口を閉ざした時、店の中はしんと静まり返った。少しの間、誰も口を利かず、物音一つしない。

やがて、鬼勘が動いた。長助の方へ向かうのではなく、踵（きびす）を返し、前橋屋の脇を通り抜けて、店の戸口へと向かったのだ。

「な、中山さま、どちらへ？」

前橋屋が驚きの声を放った。だが、鬼勘は振り向きもせず戸を開けると、外へ向かって

「入ってまいれ」と声をかけた。

するると、外に控えていたらしい配下の侍がきびきびした動作で入ってくる。侍は手首を縄で縛られた女を連れていた。

「お春っ！」

岩蔵が立ち上がって、通路に出る。

「おじいさん、ごめんなさい」

女はその場に土下座して、岩蔵に深く頭を下げた。

「あたしはおじいさんを……」

「騙そうとしていたんだろう」

岩蔵はほろ苦い口ぶりで言った。

「やっぱり、おじいさん。あたしが本物のお春じゃないって知っていたんだ」

女は身を起こしたものの、下を向いたまま呟いた。

「お春……いや、お前さんの本当の名前は何というんだね」

「あたしの本当の名前なんて、知ったってしょうがないでしょうに」

「いや、教えてほしいんだよ、私は」

「ふく……といいます」

「そうか。おふくか」

岩蔵は鬼勘に目を向けると、頭を下げた。

「中山さま、少しこのおふくと話をさせていただいてもかまいませんか」

岩蔵の申し出に、鬼勘は「許そう」と答えた。

「おふくや、お前は本当によくしてくれた。感謝はしているよ。けどね、騙されてもいいなどとは言わん。ただ、お前にはそうやって金を集めなくちゃならない事情があったんだろう」

岩蔵は優しい声で訊いた。おふくはゆっくりと顔を上げる。その目は少し潤んでいた。

「あたしはこうやってお縄にならなければ、おじいさんからもお金を盗んでました。でもね、ちょっと心配だった。おじいさんは物忘れのふりをしているんじゃないかって、あたしも疑っていたから」

「そうかね。なら、私たちは本性を隠し、互いに疑いながら、過ごしていたというわけだ」

「おじいさんはどうして物忘れのふりをしたの。あたしたちを油断させるつもりで？」

「初めはそうだった。だが、途中からはお前にいたわってもらえるのが心地よかったのかもしれん」

おふくの目から大粒の涙がこぼれ落ちる。

岩蔵はつらそうに顔をゆがめた。

「中山さま」

岩蔵の目が再び鬼勘へと向けられる。

「このおふくが母親の薬代を稼ぐため詐欺を働いていたことは、この私も知っていました。口入屋で雇った者に調べてもらいましたからね。おそねという女には逃げられてしまい、この長助さんと兄妹だとも知りませんでしたが……。けれども、中山さま。そこまでお分かりなら、どうかもう少し踏み込んで、調べてやってください。さっきのお芝居でもあったじゃないですか。春栄は養い親の小太郎の言いなりで、悪事に手を染めていた。おふくだって、そうなんです。自分のための金欲しさで悪事を働く娘じゃない。それに、こんな娘っ子一人で、詐欺を働けるわけもない」

「何を言ってるんです、ご隠居さん」

前橋屋が割って入った。

「あなたはこの娘に騙されかけた側の人でしょう。庇ってどうするんです。それに、長助が白状したことで、この娘一人のしわざじゃないことははっきりしたでしょう」

「いいえ、前橋屋さん。私にはまだ納得がいかんのです。長助さんとおふく二人でやったこととも思えない」

岩蔵は前橋屋の主人をしかと見据えて言い張った。それから、鬼勘に目を戻すと、

「中山さま。先の芝居では、ちゃんと本物の悪党が罰せられてたじゃありませんか。正義

はお芝居の中にしかないものですか。この現実（うつつ）にだって正義はあると、どうかおっしゃってくださいよ」

　と、懸命に訴える。

「丸屋町の岩蔵よ。我らの探索の力を軽々しく考えてもらっては困る。また、この世の正義が芝居の中の正義に劣るものであってもならぬだろう」

　鬼勘は堂々と揺るぎのない口ぶりで告げた。そして、その目がゆっくりと前橋屋の主人の方へと向けられる。

「さて、佐久間町の前橋屋よ。おぬしに問いたいことがある」

「え、私にですか」

　前橋屋は虚を衝かれた様子であった。

「おぬしの店の奉公人どもは、皆、そこの長助のように、わけありの者が多いようだな」

「わけありとは、病身の母親を抱えているというようなことですか。確かにそういう者はおりますよ。けれど、子供を奉公に出す家が金に困っているなんて、よくある話でしょう」

「確かに、金に困った親が倅や娘を年季奉公に出すことはめずらしくない。その親が病持ちということもな。しかし、あえてそういう家の者を集め、弱みを握った上、手を差し伸べるふりをして言いなりにさせていたとなれば、見過ごしにできることではない」

「何をおっしゃいます。奉公人に指図するのは主人の務めでしょう。そりゃあ、うちは金貸しですからね。金を返そうとしないお客さんには、ちときつい取り立てをさせることもあります。けど、お役人さまからどうこう言われる筋合いのことではありませんな」

「その手の話をしておるのではない」

鬼勘が厳格な物言いで、前橋屋の言葉を封じた。

「前橋屋、おぬしが奉公人どもに悪事をさせているのは、すでに調べがついておる。先ほど話に出たおそねという女、これなるおふくが捕らわれた際、どうするかと泳がせておいたのだ。おそねが前橋屋の店へ入っていったのを、我が配下の者が確かめている」

「なっ……」

「前橋屋よ。おぬしは見ておらぬゆえ、分かるまいが、先ほど山村座でかけられた芝居は、悪徳な養い親が養子に悪事を働かせるという筋書きだ。あたかも、おぬしの言いなりにさせられる長助とおふくそのままであった」

「芝居の筋と現実の話を一緒にされては困りますな」

「おふくも長助も、おぬしに指示されたなどとは言っておらぬ。だが、二人とも芝居を見た時、顔色を変えた。それが何よりの証。よいか、二人とも。前橋屋に何を言われていたかは知らぬが、もはや前橋屋はおぬしらの母に何もできぬ。また、黙っていたからといって、おぬしらの母を守ってくれるわけでもない。なぜなら、この者も今から捕らわれの身となるからだ」

鬼勘が足を一歩踏み出すと、前橋屋は焦った目で周囲を見回した。戸口までの通路は、鬼勘と配下、そしておふくによって遮られている。客席の間を抜けて、別の通路から回り込むこともできないわけではなかったが、その時にはもう、数人の客たち――この時のため集められていた元かささぎ組の子分たちが立ち上がって通路をふさいでいた。

前橋屋の目が出口と反対側――岩蔵や喜八たちのいる奥の席の方へと向けられた。

「岩蔵さん、危ない」

喜八は叫びざま、岩蔵の前に出る。とっさに、手につかんだものを前橋屋の額に向けて投げつけた。

「痛っ！　ちくしょう」

前橋屋が額を押さえながら怒号する。額に当たったのは、岩蔵が使っていた湯飲み茶碗。過たず前橋屋の額の真ん中を直撃した茶碗は、跳ね返って床に当たり、派手な音を立てて砕けた。

前橋屋がよろめいた隙に、前から喜八、後ろから鬼勘がその巨漢に跳びかかった。鬼勘が前橋屋に膝をつかせ、配下の者が手際よくその両手に縄をかける。

「話はこれからじっくり聞かせてもらおう。まだ表沙汰になっていない事件も、いろいろありそうだ」

鬼勘は厳しい声で言い、配下の者に目配せする。その時、喜八は「前橋屋さん」と声をかけた。ちょうど立ち上がって戸口の方を向かせられた前橋屋が、振り返って濁った目を向けてくる。

「あんた、うちの親父のようになりたいって、三郎太の兄ちゃんたちに言ってたんだって？」

「………」

「けどな、あんたは親父が最も嫌がることをした。弱い者を虐(しいた)げるのと、人の弱みに付け込むってやつぁ、親父がいちばん嫌ってたことなんだよっ！」

「はっ、町奴(まちやっこ)の親分の倅が何を言ってやがる。あんたの親父だって、今の俺と同じ目に遭ったんだろ」

前橋屋が毒を含んだ声で言い返してきた。

「何を！」

と、その時、声を放ったのは喜八ではなく、三郎太であった。

「何も知らないあんたが、いい加減なこと言ってんじゃねえよ。親父さんに謝れ！　喜八坊にも今すぐここで、土下座しろっ」

立ち上がって怒号する三郎太を、弥助が「もうそのくらいに」となだめにかかっている。

「兄ちゃん、ありがとな」

喜八は振り返って三郎太に言った。三郎太が言うべきことはすべて言ってくれた。もう悪党に語りかけるような言葉はない。

配下の侍が前橋屋とおふくを引っ立てていくと同時に、

「さて、長助。おぬしにも来てもらおう」

と、鬼勘が長助を促した。

「かしこまりました」

長助は鬼勘の言葉に従い、席を立って通路に出る。鬼勘は長助の腕をつかみ、外へと出た。

「お、おふく」

その時まで茫然（ぼうぜん）としていた岩蔵が我に返ると、いきなり走り始める。

「岩蔵さん」

喜八と弥助も岩蔵の後を追った。

「おじいさん……」

おふくが岩蔵に涙目を向けている。

「お前のしたことについては、すべて正直に話しなさい。恐れたり心配したりすることはない。お前の母親は私が気にかけておくからな」

「……はい」

おふくは涙混じりにうなずいた。

「……すみません。本当に、すまないことをしました」

長助もまた、鼻をすすりながら頭を下げる。

「長助さん、あんたが私のことを調べ、おふくをよこしたんだろう。あんたもちゃんと正直に話をするんだよ」

「……はい」

「罪を償ったら、二人で私のところへおいで」

岩蔵の言葉に、長助とおふくははっと涙に濡れた顔を上げた。

「どれだけ先のことになるかわからないが、このあいだ食べられなかった薫そうめんを、いつか皆で一緒に食べよう」

岩蔵は口もとに柔らかな笑みを浮かべて告げた。おふくは虚を衝かれた表情になったが、ややあってから、

「はい。必ずや」

と、真摯な眼差しを向けて言う。長助は黙って岩蔵に深々と頭を下げた。

挨拶が終わると、二人が役人たちに連れられていくその後ろ姿を、岩蔵はいつまでも見送っていた。

「岩蔵さん、お疲れでしょう。まだ何も食べていないみたいだし、少しゆっくりしていき

ませんか」

おふくたちの姿が小さくなるのを見計らい、喜八は岩蔵に声をかけた。

「ああ、若旦那、それに弥助さん。おたくらはおふくと長助さんの事情を知って、あんな芝居を見せてくれたんだね」

岩蔵は喜八たちに目を向けると、しみじみした声で言った。

「まあ、あれを見せられれば、おふくさんも長助さんも本当のことを打ち明けるだろうというのが、鬼勘、あ、いや、中山さまのお考えだったんですが」

「しかし、あの台帳を書いたのは中山さまじゃあるまい」

「それについては……」

と、喜八が店前の通りに目を遊ばせると、案の定、少し離れたところにまとまって立つ人々がいた。六之助、鉄五郎、それに儀左衛門、おあさ、おくめである。

「こちら、東儀左衛門先生はご存じかもしれませんが、そのお弟子の六之助さん。今回の『春栄東鑑』を書いた方です」

喜八が引き合わせると、岩蔵は「何と、東先生のお弟子さんか」と驚き、「いや、大したもんだ」と台帳の出来栄えを褒めた。それから、何の気なしに鉄五郎に目を向けると、

「おや、あんたは高橋屋の主人役をやっていた役者さんか」

と、目を見開く。

「あ、いや、あっしは左官の鉄五郎といいまして」

「六之助さんのお兄さんなんですよ」

と、喜八は横から言葉を添えた。

「まあ、立ち話も何だし、岩蔵さん、寄ってってくださいよ。秋も深まってきたし、あったかいそうめんでもお出ししましょう」

「ありがとうよ。では、寄らせてもらおうか」

岩蔵は儀左衛門たちと一緒に店へ入っていく。

今、かささぎの店の中にいる客は、元かささぎ組の子分たちだけ。暖簾はすでに下ろしている。

「今日はこのまま店じまいでいいですよね」

弥助の問いかけに、「当たり前だろ」と喜八は明るく答えた。

六

七月十六日の藪入り（やぶいり）の日、かささぎは一日休業した。

「昼餉（ひるげ）の商いだけでも」

と、松次郎は言ったし、

「松のあにさんのようにはいきませんが、俺が料理を作っても」

と、弥助も言ったが、喜八は考えを変えなかった。

「松つぁん、藪入りの日くらいは、他のことはぜんぶ忘れて、乙松のことだけを考えてやれ」

松次郎の息子で、長い間離れ離れだった乙松は、今、日本橋の金貸し伊勢屋で奉公している。時折、店のおかみさんに連れられて、かささぎへ立ち寄ることはあるものの、父子二人きりで過ごせるのは一年でたった二日、藪入りの日だけなのだ。

「弥助もその日はここに居座らず、親孝行してこいよ」

と、喜八は弥助にも言った。

「俺は、乙松のような餓鬼じゃありませんで」

弥助は困惑気味に言葉を返してくる。

「餓鬼じゃないから、親に顔を見せなくていいってことにゃならないだろ」

「ですが、俺はいつだって親父に会えますし」

確かに、弥助の父の百助は築地に家を構えていたから、弥助も時折家へ顔を見せていたし、百助が店へ顔を出すこともある。

「それでも、たまには何の用事もなく、親子水入らずで過ごしてこいってことだよ」

「…………」

弥助が困惑顔で躊躇っているのは、喜八のことを気にかけているからだ。自分が親と一緒に過ごしている間、喜八にも共に過ごす親がいれば、弥助とて心置きなく家へ帰ることができるのだろう。

だが、喜八に親はいない。当日、松次郎も弥助も出払ったこの店で、喜八がたった一人で過ごすことを思うと、弥助は落ち着かない気分になるのではないか。

「あのさ、ちょっと前なら、俺のことばかり考えず、少しはお前も自分のことを考えろって言ったと思うんだ」

喜八は言葉を選びながら、弥助を説得した。

「そうやって、お前が俺から離れていくのを、俺も少しずつ慣れていかなきゃならねえと思ってたからさ」

「若……」

弥助はあまり見せることのない表情を浮かべた。そんなふうに言ってくれるなと、眼差しが言っている。

「まあ、最後まで聞けって。前におあささんが言ってくれたのを、お前も聞いてただろ。俺は自分のことより弥助たちのことを考えてて、弥助たちは俺を支えようと一生懸命だってさ。そんな俺たちを応援したいと言ってもらえた時、ああ今のままでいいのかなって思えたんだ。実は俺、お前たちから守られてばっかじゃいけねえ、と片意地張ってたんだけどさ。あの後、ふと思ったんだ。親父は自分のことより百助さんや松つぁんのことを考えてて、百助さんたちは親父を支えるのに一生懸命だったんだなって」

弥助は微妙な表情を浮かべていたが、抗弁はしなかった。

「だからさ、お前のことを考えてる俺の気持ちを汲んで、十六日は百助さんのところへ帰ってくれ。それが、俺をいちばん安心させてくれるんだよ」

結局、その喜八の言葉が功を奏し、弥助も当日は朝から築地の実家へ帰った。松次郎も日本橋の伊勢屋へ乙松を迎えに行っていることだろう。

朝、弥助を送り出した喜八は、ひとまず湯を沸かし、麦湯を一人分淹れて飲んだが、これといって特にすることもない。昼餉と夕餉のお菜は松次郎が作り置いてくれたし、飯は朝、弥助が炊いたものがある。

店の掃除でもするかと思い立ち、客席を水拭きし始めたが、掃除は弥助がいつもきっちりしてくれているので、あまり汚れてもいなかった。

「それにしても、一人ってのは静かなもんだね」

叔父と叔母の家を出て、ここの二階で寝起きすると決めた時には、一人で暮らすつもりだった。思いがけず弥助も引き移ってくることになったので、そうはならなかったが、もしも弥助がいなければ、この静けさの中で毎晩過ごすことになっていたのだ。

考えてみれば、自分は一人きりになることがあまりなかったと、喜八は思い至った。耳に入ってくるのは自分の立てる物音だけ。それが不思議なくらい大きく聞こえる。

掃除を終えた後、誰もいない客席に一人腰かけ、ぼうっとしていたら、表の戸がどんどんと叩かれた。

「今日は休みだって貼り紙もしたし、第一、暖簾も掲げてないってのに」

店じまいなのだから放っておこうかと思ったが、戸を叩く音は止まらない。喜八は立ち上がり、差し掛けたつっかえ棒を取って、戸を開けた。

「遅いではないか」

何と、現れたのは鬼勘であった。配下の者はおらず、一人である。

「あのですね。貼り紙を御覧になっていないんですか。今日は休業なんですが」

「私を馬鹿にしておるのか。さようなことは見れば分かる」

「ならば、どうして戸を叩いたりしたんです」

「おぬしに話があるからに決まっておろう」

鬼勘は中をのぞき込み、「弥助はおらぬのか」と首をかしげた。

「藪入りですからね。家へ帰したんですよ。弥助も一緒の方がいいんですか」

「どうせ何でも伝わるのだろう。だから、おぬしだけでよいが、それにしても」

と、鬼勘はまじまじと喜八を見つめた。

「おぬしが一人でいるとはめずらしい」

「放っておいてください」

鬼勘こそ配下の侍たちを連れていないのかと逆に問うと、何やら用事を申し付けているということであった。

鬼勘は勝手に真ん中の客席に腰かけたので、喜八は仕方なく茶を淹れて出した。

「料理は出ませんよ」

「それも分かっておる」

鬼勘は少し残念そうな表情を浮かべたが、すぐに真面目(まじめ)な顔に戻ると、

「ところで、巴屋の主人の素性を知る者が江戸へ来る、といった話を覚えておるか」

と、言い出した。

「はい。七月七日のことだったかと――」

「うむ。あの日はおふくを捕らえた日であったな。私は忙しかったが、約束の場所へは配下の者を行かせたのだ。しかし、約束の場所にそれらしき人物は現れなかった」

「どういうことでしょう」

「私が直(じか)に知る者ではないので、間に立った者に尋ねたが、その者も件(くだん)の者と知らせがつかなくなったそうだ。まあ、伊勢と江戸では距離もあるゆえ、ただ連絡(つなぎ)がうまく取れないだけかもしれぬが……」

「では、巴屋の旦那の素性を知る術(すべ)は今のところ、なくなってしまったと――」

「うむ。まあ、江戸に来てから関わった者もいるであろうし、この先も調べは続けるつもりだ」

鬼勘は力をこめて言う。喜八は素直に「お願いします」と言葉を返した。

「ところで、おふくさんたちはどうなりましたか」

「お裁きにはもうしばらくかかるだろう。前橋屋は取り潰しとなり、奉公人たちはそれぞれ取り調べられることになった。しかし、長助を含め、主人の言いなりにさせられて罪を働いた者については、しかるべき配慮もされる。おふくは前橋屋の奉公人ではないが、同じ扱いだ」

「そうですか。なら、死罪や島流しってことはありませんよね」

「まあ、江戸所払いにはなるだろうがな」

それでも、年数に限りがつくかもしれないと、鬼勘は言った。それならば、その年数が過ぎれば、また江戸へ帰ってくることもできる。

「そうそう。昨日、岩蔵の様子を見に行ったが、元気そうであった。おふくたちの母親の家へ見舞いにも出かけたそうだ。それからな、狭山の倅一家へも便りをすると言っていた」

「なら、岩蔵さんが本物のお春さんに会える日も、そう遠くないかもしれませんね」

喜八は明るい心持ちになって言った。その時、再び外の戸が叩かれた。つっかえ棒は外してあるが、戸を叩く音だけが続いている。

「休業とあるから、中へ入ってきづらいのだろう」

鬼勘が言った。

「中山さまのご配下の方じゃありませんよね」

「あの者たちとは別の場所で待ち合わせておる」

鬼勘は澄まして茶を飲んでいる。

「まったく、休みの日だっていうのに」

喜八はぼやきながら立ち上がり、戸を開けた。

目の前に立っていたのは、おあさである。

「ごめんなさい、その、お休みだと分かってはいたんだけれど」

おあさは遠慮がちに頭を下げた。

「でも、喜八さんはいるかなって」

「俺に話でも？」

「ええ。ほら、例の役者に会える茶屋にするお話、お店が休みの時の方がゆっくりできるかなと思って」

おあさは中をのぞき、「中山さま？」と驚きの声を上げた。

「ああ、お話があって来られたんだ」

と、喜八は言い、おあさを中へ招き入れた。おあさは中を見回しながら、

「弥助さんはいないの？」

と、鬼勘と同じことを訊く。弥助は帰宅したと答えた後、

「おあささんこそ、おくめちゃんはどうしたんだ」

と、尋ねた。おあさは大きな溜息を漏らす。

「おくめもね、家に帰っちゃって」

考えてみれば当たり前のことだ。今日は奉公人が休みをもらえる日なのである。おくめは夕方には戻るそうで、要するにおあさも暇を持て余したということらしい。

一人きりのおあさを見るのは、喜八には初めてのことで、何だか新鮮だった。

おあさは、鬼勘の席と通路を挟んで隣り合わせた席に、そっと腰かけた。

「誰もいない家の中に、若い男と女子が二人きりというのは感心せんな」

鬼勘がしかつめらしい顔で言う。

「おあささんは弥助がいると思って、来たんですよ」

喜八はおあさにも茶を淹れて出し、自分は先ほどと同じく、鬼勘の向かい合わせに腰を下ろした。

「それで、何の話をしに来たのだ」

鬼勘はおあさに向かって訊く。

「『役者に会える茶屋をつくる寄合』のご相談です」

おあさは少し得意そうに答えた。

「何だ。その仰々しくて、妙に長い名前は……」

「だから、『役者に会える茶屋をつくる寄合』です。かささぎを役者に会える茶屋にするんです。まあ、取りあえずは、喜八さんと弥助さんが芝居の役に扮するわけですけれど」

「つまり、若旦那と弥助が役者ふうに、ここで客を迎えるということか。確かに二人とも、もはやいっぱしの役者と言ってよかろう」

鬼勘の返事に、気をよくしたらしいおあさは「そうですよね」と笑顔で応じた。

「して、役者に会える茶屋とはどういうものか。若旦那と弥助が応対するだけでは、これまでと変わらぬが……」

「役者が役の衣装を着て、お客さんを迎えてくれるんです」

鬼勘とおあさは、喜八をそっちのけで盛り上がり始めた。

「おお、なかなか見栄えのよい茶屋になりそうだな」

「それだけじゃありません。お客さんの求めに応じて、短い決めぜりふを言ってあげる、なんていうのも考えています。このお料理を頼んだ人に限る、ということにしたら、売り上げも上がるかな、なんて……」

「ふむ、それはよい。食べ物と役柄が合っていたりすると、なおのこと面白かろう」

どういうわけか、鬼勘まで本気で楽しんでいる様子だ。

「んー、たとえばちまきを頼んだ人に、屈原のせりふを言ってあげるとか、ですか」

おあさは少し考えた後、ぱっと顔を明るくして言った。『屈原憂悶の泡沫』は前に喜八と弥助が演じた芝居である。

「『ああ、屈原よ。私は間違っていた』。いやいや、茶屋の客を相手に言うなら、こっちか。『麗花姫、何と麗しい方なのか』」

どちらも、楚王の役を演じた喜八のせりふであった。せりふ回しは巧みではないものの、せりふを覚えているとは、すばらしい記憶力である。

「ふむ、あの時の若旦那の衣装はなかなか派手でよかったたな。今度の芝居は、二人ともまあふつうの着物姿だったが……。いや、若旦那は女役か」

鬼勘はどの衣装がいいか、これまで喜八や弥助が演じた役柄の衣装をあれこれ思い出しているようだ。

「女役はさすがにまずいだろ。ここで運び役もしながらなんだからさ」

喜八はようやく二人の話に割って入った。

「うーん、それも少し考えてみるわ。喜八さんを贔屓にする女の人たちが、どっちを好むかによると思うんだけど……」

「ふうむ。若旦那を贔屓にするのは別に女子衆だけではなかろう。何なら、私が若旦那の贔屓になってもいい」

存外真面目な顔つきで言う鬼勘に、「何の冗談ですか」と喜八はあきれて返したが、「冗談などであるものか」と鬼勘は律義に言い返す。

「あ、それじゃあ、中山さまも『役者に会える茶屋をつくる寄合』の仲間になるというのはいかがですか」

おあさはとんでもないことを言い出した。

「この寄合は、佐久間町の三郎太さんと長助さんと私で立ち上げたんです。長助さんはまあ、この話に金のにおいを嗅ぎつけた前橋屋の主人に言われて、加わったようなものだったんですけど」

「ふむ。しかし、私は何ができるというわけでもなさそうだが」

「では、お芝居に合った料理を考える役目でいかがです」

おあさの案に、「おお、それはまさに適役だ」と鬼勘は目を輝かせる。

「なに、自分で適役とか言ってるんですか」

喜八が溜息を吐いたところで、再び表の戸がどんどんと叩かれた。

「暖簾を下ろしてるってのに、次々と……」

喜八は立ち上がり、戸口へと向かう。戸を開けると、

「やあ、喜八坊」

笑顔の三郎太が立っていた。

「今日は休みなんだろ。例の衣装について、話をしようと思ってさ」

三郎太はおあさの姿を見つけると、「やあ、ちょうどよかった」とますます顔を明るくしつつも、鬼勘には怪訝そうな目を向ける。

「中山さまもね、『役者に会える茶屋をつくる寄合』に加わりたいんですって」

おあさが明るい声で言う。

「加わりたいとは言っておらぬが……」

鬼勘が低い声で抗議したが、「え、中山さまが？」と三郎太の驚きの声に消されてしまう。

「芝居の中身に関わる料理を一緒に出すって話らしいぜ。その料理を中山さまに考えてもらうんだそうだ」

「ふーん、そりゃあ、確かに、芝居と料理の両方に通じた人でなけりゃ、できない仕事だよなあ」

とはいえ、どうして鬼勘なのかと首をかしげながら、三郎太は店の中に入ってきて、おあさの前に腰を下ろした。

「その、そういうことになったのなら、中山さま、よろしくお願いします」

三郎太はぎこちなく頭を下げる。

「ふむ。まあ、私は毎度の寄合に顔を出すことはできぬが、よろしく頼む」

鬼勘もぎこちなく言葉を返したところへ、喜八は三郎太のための茶を運んだ。喜八が席へ着くのを待ちかねたように、

「それじゃあ、今日は二回目の寄合ですね。三郎太さんがそろったところで、よろしくお願いします」

と、おあさが張り切った様子で挨拶した。

「さっき、中山さまから、屈原の衣装を着て、ちまきを出すという案が出されたんです。これは、もうぜひ採用といきたいところなんですが、季節感も大事じゃないかと。それに、今まで喜八さんと弥助さんが出たお芝居に限らなくてもいいと思うんです。そこで、秋に似合いのお芝居で、それに見合った秋のお料理ってありませんか」

おあさから、目を向けられた鬼勘は「待て待て。いきなりそう言われてもな」と顔をしかめて腕を組む。

「それじゃあ、取りあえず喜八坊たちの一回目のお披露目は、秋のうちって心づもりでいいんだな」

三郎太は言い、「今うちの店にある秋物の古着は……」と、こちらもこちらで腕を組み始めた。

「いいお芝居がなかったら、お父つぁんか六之助さんに書かせるから安心して」

と、おあさはおあさで言う。

三者三様で張り切ってはいるが、ちゃんと同じ場所へ行き着くものか。何やら大変なことになりそうだなと思いつつ、一方でわくわくした気持ちもある。

（この三人、俺が一人でいると思って、わざわざ来てくれたってわけじゃ……ないよな）

ふとそんなことを思い浮かべ、三郎太とおあさはともかく、鬼勘についてはあり得ないと、喜八は思い直した。おあさとて、おくめがいない寂しさを紛らわそうと来たのであって、喜八のためというわけではあるまい。

それでも、今三人でいるこの時は楽しかった。鬼勘が来る前、しんとした静けさと共に味わった、落ち着かない気分はもうどこにもない。

（そうか。あの時の俺は寂しかったんだな）

と、喜八はひそかに思い至った。

「喜八さんも、思いついたら考えを聞かせてね。こんな衣装を着たいとか、この料理に合わせた芝居がいいとか」

おあさに声を掛けられ、ふと我に返った。

「そうだなあ。季節に合わせるなら、うちの年中行事になりつつある一日限りの献立。あいうのを出す日に、芝居の衣装を着るっていうのはどうだろうね」

何の気なしに思いついたことを言うと、おあさと鬼勘、三郎太はそれぞれ目と目を見合わせた。

「そうか。それじゃあ、次は菊の節句になるな」

「菊の芝居なら何かありそうよ」

「それより、菊の節句の料理が先だ」

三人は我先にとしゃべり始める。何はともあれ、役者に会える茶屋をつくる寄合は、一歩前進したようであった。

本書は、ハルキ文庫のために書き下ろされた作品です。